集英社オレンジ文庫

映画みたいな、この恋を

いぬじゅん

本書は書き下ろしです。

目次

This love is like a movie

イラスト／飴村

映画みたいな、
This love is like a movie
この恋を

プロローグ

今日も空は、あまりにも青くて広い。
プカプカ　プカプカ
丸い雲が空を泳いでいる。
インクをこぼしたような青空を眺めていると不安になる。
今にも吸いこまれてしまいそうで、つい目線を下げる。

私の足元はいつだって不安定だ。
フラフラ　フラフラ
言いたいことを言葉にできない。
自分の気持ちも迷子のまま。
将来の夢だって浮かんでは消える泡《あわ》のよう。

そんな毎日でもいいと思っていた。
ユラユラ　ユラユラ
クラゲのように揺らめいて波に流されていくような私。
こんな生き方が似合っているとさえ思っていた。

そんな私の町に、もうすぐ映画の撮影隊がやって来る。
非日常な日々の予告に、クラスメイトは盛りあがっている。
だけど、クラゲの私には関係のないことだから。
今日も私はさまようだけ。
プカプカ　フラフラ　ユラユラ
プカプカ　フラフラ　ユラユラ

1　イレギュラーな四月

「ねえ、実緒《みお》。聞いた？」

田中果菜《たなかかな》がしてくる質問は、ヒントのないクイズのよう。

『あれって知ってる？』『例の件だけどどうする？』などなど。情報が足りないことを聞いてくるのが果菜のスタンダードだ。

「聞いた、ってなんのことを？」

こういうときは質問に質問で返すことにしている。

果菜はあきらめず、

「あのことだよ。じゃあ、十秒あげるから考えてみて」

と、このクイズを続けようとする。

「え……わかんないよ」

朝の教室には明るい光が降りそそいでいて、ほこりがまるで雪のように舞っている。窓側の席になってしまったのでこれからの時期は日焼けが心配だ。

窓の外には校門に沿って並ぶ桜の木々。始業式のときには写真を撮りまくっていた人たちも、花びらを手放した木なんて忘れてしまったように目をやることもない。

高校二年生になって半月。クラス替えがなかったのでクラスメイトの顔ぶれは変わっていない。担任の先生も同じだ。

「シンキングタイム終わり。さて、あたしはなんのことを言っているのでしょう？」

前の席で椅子《いす》ごとこっち向きに座る果菜に視線を戻すと、その大きな目と長いまつ毛が視界に飛びこんできた。

校則を少しオーバーしているレベルのスクールメイクは、果菜の頬《ほお》をつるんと光らせている。伸ばしている髪をひとつに結び、スタイルだってすごくいい。

一方の私は、ノーメイクが基本。気持ちばかりのヘアオイルを使っても、果菜みたいにサラサラの髪にはほど遠い。身長と体型は平均値だし、成績も同様。

同じブレザータイプなのに、まったく違う制服に見えてしまうのは私の被害妄想なのかな……。

「ごめん。わからないよ。正解を教えて」

降参する私に果菜はニヤリと笑みを浮かべた。

「そんなの、映画の件についてに決まってるでしょ」

ようやく果菜の言わんとしていることがわかった。

「映画の撮影のことか。この町が映画の舞台になるんだよね？」

「シッ」

果菜はリップで潤う唇に人差し指を当てた。

「大きな声で言わないでよ。まだ内緒なんだからさ」

「自分が先に言ったくせに。それに、みんな知ってると思うよ。エキストラ募集のチラシだってもうすぐ配られるって――」

「ストップストップ。実緒、これはトップシークレットなんだよ?」

顔を近づけてくる果菜から漂う、ふわりと甘い香りが鼻腔《びこう》をくすぐった。

映画の撮影のためにこの町が使われることは、三ヶ日町《みつかびちょう》観光協会の人から教えてもらった。この町に言い伝えられている戦時中の話を映画にし、町民もエキストラで参加できるそうだ。

徐々に漏《も》れつつある情報は、この町にとってかなり大きなニュースへと日々成長している。

「ひょっとして果菜は誰が出演するか知ってるの?」

果菜パパは映画を招致する観光協会の会長を務めているから、人より情報が早いのかもしれない。

が、果菜はあっさりと肩をすくめて言う。

「それが、パパったら教えてくれないんだよ。あたし、口の堅さには自信あるのにさ。あ、でも、大日向《おおひなた》監督がメガホンを取るんだって」

　口が堅いかどうかはツッコミを入れないことにした。普段あまりテレビを見ない私だから、出演者の情報については聞いてもわからないだろうし。

「そうなんだね」

「誰かに言ったらダメだからね」

「言わないよ」

　言わないよ、じゃなく、言えないよ。クラスメイトと仲が悪いわけじゃないけれど、なんでも話せる人はほとんどいない。

　果菜にだって心で思ったことを全部話せているか、と尋ねられれば違う気がしている。

「それよりも聞いてよ」

　なぜか果菜は自信ありげな表情を浮かべている。

「あたしの名前の、田中果菜ってさぁ。親がつけてくれたし、嫌いな名前じゃないよ。でもさ、文字が『た』と『な』と『か』しか使われてないのは残念。その名前を変えるチャンスが来たってことなんだよ」

「チャンス？」

　首をかしげる私に、果菜は大きくうなずいた。

「あたしの夢は女優になること。女優になれば堂々と芸名を使えるでしょ。もう候補はいろいろあるんだよね。『葉山鈴《はやまりん》』とか『武藤《むとう》リカ』とかどう?」

「あ、うん。……いいね」

田中果菜だっていい名前だと思うけれど、そう言うと果菜は嫌な気分になってしまうかもしれない。なにげない会話はできるのに、意見を求められると急に自信がなくなってしまう。

「本当は高校だって、東京の芸能学科があるところに行きたかったんだよ。まあ、パパが泣くからあきらめたんだけどさ」

果菜とは、一年生のときに知り合った。出会った当初から『女優志望』だと言っていた。演劇部に所属しているし、顔もスタイルも今すぐにでも女優になれそうなほど完璧だ。けれど……。

「映画に出演できたら、大きなチャンスをつかむことになるだら?」

興奮すると、『遠州弁《えんしゅうべん》』という名の方言が出てしまうのは難点だろう。いや、今では方言をしゃべるタレントはざらにいるし、『だら』『だに』を多用する遠州弁はかわいく聞こえなくもない。

「え……でも、果菜はそもそも映画に出ないよね?」

「なんで出ないって決めつけるのよ。なんのために三ヶ日町観光協会が映画に出資していると思ってるの? 出演できるに決まってるじゃない」

「エキストラで？」

素直に尋ねると、果菜は「は？」とこれ以上ないくらい眉《まゆ》をひそめた。

「そんな通行人みたいな役をあたしが受けると思う？　あたしのパパが誰だか知ってるだら？」

自慢げにあごをあげる果菜に「……うん」と遅れてうなずく。

「果菜のお父さんは、三ヶ日町観光協会の会長さん。でも、それだけで出られるものなの？」

「それはまだわからないけど、言霊《ことだま》って言葉を知ってるだら？　言い続けてれば願いがかなうんやて。あたし、絶対に映画に出てやるんだから！」

教室にいるクラスメイトが目を丸くしているのがわかる。全然トップシークレットの話じゃなくなってるし……。

でも、女優を目指している果菜にとってチャンスなのは間違いない。芸能界に興味はないけれど、友だちの夢のためなら協力したい。

「応援してるからね」

「ありがと」

果菜がチャームポイントの八重歯《やえば》を見せて笑ってくれたのでホッとした。話をするたびに相手の反応が気になるのをやめたいのにやめられない。

いつか、果菜にだけは思ったことをなんでも話せるといいな……。

そんな私に気づくことなく、なにか思いついたように果菜が目を大きく開いた。

「そうだ。来週の観光協会の会議のときに、実緒もあたしが映画に出られるように推薦《すいせん》してよね」

「え……私が？　それって難しいよ。うちはおじいちゃんの代で観光協会からは抜けてるし、そんな発言力ないし……」

「先代の会長の孫なんだから大丈夫だって。それに、毎回のように会議に顔を出してるって聞くけど？」

「あれはおばあちゃんが用事を頼んでくるからだよ。前回だって、渡す物だけ渡してからすぐに帰ったもん」

実際は、お茶出しもしたし片づけまで手伝ったけれど言わないでおこう。

「いいから、とにかく協力してよね」

果菜はもう聞く耳を持たないらしく、通学リュックからスマホを取り出している。

大人の前では特に言いたいことを言えなくなる。言葉を頭で考えているうちに次の話題に移っていることも多い。そんな私が、映画の出演に関して口を出せる自信なんてとてもない。

「言えたら言うよ。……それでいいよね？」

「うん、よろしく。――あ、売れた」

スマホを開いた果菜がいそいそと画面に向かう。フリマサイトでまたなにか売れたらしい。

上京に備え貯金に精を出している果菜。最近では私物を売って小銭を稼《かせ》いでいるそうだ。高校近くの和菓子屋でバイトも続けている。

夢がある人はいいな……。私には将来なりたい職業なんてない。社会に出るのはずっと先のことに感じているし、そもそも行きたい大学もない。

まるで海のなかで漂うクラゲみたい。行き先のないままフワフワ、フラフラ、ユラユラ。どこにたどり着くのかなんて、自分でもまったくわからない。

このままなんとなく近くの大学に進学し、なんとなく就職しそうな予感でいっぱいだ。

「みんなどうやってやりたいことを見つけているんだろう」

つぶやいてみても、スマホに夢中の果菜には聞こえていないらしく鼻歌をうたいながら軽やかに指先を動かしている。

にわかに教室の前の扉あたりがにぎやかになった。

隼瀬翔太《はやせしょうた》が登校してきたのだとすぐにわかる。

「おはよう。いやー、遅刻するかと思った」

ほがらかでよく通る声は、昔から変わっていない。

この小さな町において、幼稚園から高校までずっと同じ学校、というのは珍しいことではない。そのなかでも翔太とは、昔からやけに気が合っている。幼なじみ、というよりは親友に近い存在。クラスでなんでも話せる人をひとりあげるとすれば、それは翔太だろう。

翔太の周りにはいつも人がいて、まるで磁石でも持っているみたい。クラスメイトとしゃべりながら席に向かうので、毎回かなり時間がかかっている。

「翔太の動画、全然バズらねえし」

「こないだのマンホールを映すだけの動画はひどかったな」

「翔太くんのおすすめのお店とか紹介したらいいのに」

そんな声にひとつひとつ答えている翔太。最近はずいぶん身長が伸びた。スリムなのに筋肉質なのが制服越しでもわかる。

動くたびに栗色の髪が揺れ、笑うと目が垂れ目になる。昔の写真を見ると変わっているとわかるのに、私のなかでの翔太はずっと子どものままのイメージだ。

「いつかはバズるって。動画は、投稿し続けることに意味があるからな」

にゃはは、と笑う翔太を、スマホから顔をあげた果菜が見つめている。熱っぽさを帯びている横顔は、恋をする人特有のもの。

翔太に恋をした、と果菜から言われたのは先月のこと。これまでも恋多き果菜だったけれど、どれも風邪《かぜ》みたいに数日で消えていた。どうやら今回は本気のようだ。

私の視線に気づいたのか、果菜はサッとスマホに視線を落とした。

「違うからね」

「ん？」

「あたしが翔太を好きなのは東京に行くまでの一時的なこと。つまり、期間限定の恋なの。芸能人にスキャンダルはご法度《はっと》なんだから」

そう、これまでも果菜は誰ともつき合っていない。たとえ相手から告白されても、『将来のため』とシングルを貫いている。

期間限定で恋ができるなんて果菜はすごい。東京に行くことと恋をすること、ふたつもやりたいことがあるなんて素直にうらやましい。

私にもやりたいことが見つかり、クラゲから転生できればいいな……。

「実緒。動画見てくれた？」

翔太がこっちに向かって踊るように歩いてきた。

「見たよ。イイネも押しといたから」

「さすがは実緒」

満足げな翔太に「あたしも！」と果菜が存在をアピールした。

「たぶんひとつめのイイネを押したのは、あたしだと思うよ」

「そうなんだ。ありがとな」

「いえ……」

さっきの勢いはどこへやら、翔太を目の前にすると果菜は花がしおれたみたいにうつむいてしまう。これじゃあそのうち翔太にだけじゃなく、周りにも片想いがバレないか心配だ。

人を好きになるのってどういうことなんだろう。これまでも、ちょっといいなと思う男子はいたけれど、本気で好きと感じたことなんてない。

果菜は好きになる人が変わるたびに毎回熱っぽく語ってくれるけれど、宇宙語を聞いているような感覚になってしまう。

「そういえば、田中さんにすげえ迷惑かけちゃっているよな」

翔太の言う『田中さん』は、果菜パパのことだ。

「ううん。全然……。お父さん、大変だったね」

上目づかいの果菜に、翔太は「いや」と首を横に振った。

「あの人はすっかりサラリーマンを満喫《まんきつ》してるよ。店を閉めてからのほうがむしろ生き生きしてるし」

翔太の家は、私が生まれる前からケーキ屋を営《いとな》んでいた。『みっかびケーキ』という店名で、うちも誕生日やなにかあるたびに利用していたけれど、今年の三月末で閉店してしまった。今では生命保険会社の事務をしていると聞く。

「ま、俺がいつか店を再開させるから待ってて」

「待ってる。あたし……待ってるから！」

瞳を輝かせた果菜は、さすがに興奮しすぎたと思ったのだろう、逃げるようにトイレに行ってしまった。

気にすることもなく翔太が果菜の机に腰をおろした。

「なんか元気なくない？」

「え、私？」

きょとんとして尋ねると、翔太は「うん」と声に出さずに顔を上下した。

「寝不足とか？」

「それは翔太のほうでしょ。動画の編集もいいけど、中間テストまでもう少しなんだからがんばらないと」

「わかってるって。実緒ってたまにお姉さんみたいになる。いや、お母さんか」

おどける翔太に「ちょっと」と考えずにツッコミを入れる。

「お姉さんならともかく、お母さんはやめてよね」

「はは。ごめんごめん」

逃げていく翔太。こんなふうに誰とでも思ったことを話せるようになればいいのに、ほかの人の前に立つと嫌われたくないという気持ちが先行してしまう。

翔太は教室のまんなかあたりの自席に着くと、スマホのチェックをはじめた。表情が曇《くも》っているところを見ると、今朝アップした動画の再生回数がいまいちなのだろう。

こういうことも昔からの友だちだからわかること。

高校生になってから翔太は動画投稿サイトに『三ヶ日町の魅力発信』というチャンネルを開設した。この町にある店や風景の動画を字幕つきでアップしている。

チャンネル登録者数は一三〇人。今朝の動画の再生回数は、私が見た時点では八回だった。

ケーキ屋を閉めた時点で更新を止めると思っていたけれど、前にも増して頻回《ひんかい》にアップするようになった翔太。この町のPRも、ケーキ屋の再開についても、翔太は本気で取り組んでいる。

これも、長年の友だちだからわかること。

学校は高台にあるので、窓からはこの町が見渡せる。

三ヶ日製菓の看板の向こうに見えるのはつぶれたパチンコ店。その向こうには祭儀場があり、すぐそばに天竜浜名湖鉄道《てんりゅうはまなこてつどう》の三ヶ日駅がある。遠くには浜名湖の青色がわずかに見えている。校舎の反対側には山が続いていて、田舎《いなか》町そのものだ。

生まれ育った町を悪く言うわけじゃないけれど、果菜が東京に行きたい気持ちも少しだけわかる。

クラゲの私はこの町を出る術《すべ》もなく、ずっとフワフワ揺られて生きていくんだろうな……。

三ヶ日駅を横目に高速道路があるほうへしばらく歩くと、左側になだらかな坂道が出現する。坂道の下にあるのが翔太の家で、今日もシャッターに貼られた『閉店のお知らせ』の紙が風に揺れている。

いくつかの店が並ぶ先に、私の家がある。昔ながらの平屋建ての日本家屋で、築五十年だそうだ。昔はここで『立花《たちばな》はんこ店』という名の印鑑屋を営んでいた。と言っても、私が生まれる前の話で、おじいちゃんが亡くなったときに廃業したそうだ。

店舗《てんぽ》があった部分は、屋根つきの駐車場になっていて面影なんて微塵《みじん》もない。

「ただいま」

居間に顔を出すと、座布団を枕にしてお父さんがテレビの前で寝転んでいた。

「おう、お帰り」

Tシャツにハーフパンツ。昔はモテたと豪語しているけれど、どう見ても水族館にいるトドにしか見えない。

「こんな時間に家にいるなんて珍しい。今日は仕事休みだっけ?」

水筒とお弁当箱を水につけると、お湯じゃなくてもそこまで冷たさは感じない。季節はどんどん夏へと向かっている。

　コンロにある鍋《なべ》のなかには、おばあちゃん特製の五目煮がある。

「今日は半日だったもんで早く帰ってこられた」

「本当に？　また仕事辞めてきたとかじゃないよね？」

「今回は人からの紹介で就《つ》いてるから、すぐに辞めるわけにもいかんだら」

　ということは、いずれ辞める可能性があるってことだ。

　これまでも数年おき、いや早いときは数カ月単位で仕事を変えてきた前科が山ほどある。それも両親の離婚の原因のひとつだと私は思っている。

「どうでもいいけど、お小遣いの減額はしないでよね」

「お父さんだってそれくらいはわかってるよ。実緒に迷惑をかけないこと、それがいちばん大事」

「そもそも離婚したことでずいぶん迷惑をかけられてるんですけど？」

　あ、ちょっと言いすぎたかも。ほかで言えないぶん、家族の前では言いたいことを言ってしまうのは私の悪い癖だ。

　口をつぐむと同時に、お父さんが笑い声をあげたのでホッとした。

「離婚してから三年経《た》ってるんだし、時効ってことでひとつ」

「時効なんてないし」

昔は、険悪な空気がこの家を支配していた。お父さんとお母さんとおばあちゃんの間には目に見えない壁がずっとあって、月日とともにどんどんその厚さを増していった。

この家から会話や笑い声が消えても、『私のため』という名目のもと家族ごっこをしているように感じていた。

中学一年生のときにお母さんが出ていくことで、家族ごっこは終わりを告げた。一年の別居期間を経《へ》て円満離婚。

そもそも離婚に円満って言葉を使うものなのかな。私にはわからないけれど、前に比べて今のほうがずっと息がしやすいのはたしかなこと。

「ああ、お帰り」

奥の部屋からおばあちゃんが出て来た。遅くに結婚したというおばあちゃんは、今年九十三歳になるけれど、見た目は七十代でも通用しそうなほど若い。小柄で清楚《せいそ》な見た目に反して、性格はかなり荒い。

「ほら、あんたはまたぐうたらしてからに。ちゃっちゃと庭の水まきをせんかいね！」

怒鳴られたお父さんが慌《あわ》てて庭に飛び出していくのを見送ってから、

「おばあちゃん」

と声をかける。

「なんね？　そうそう五目煮をタッパーに詰めておいて」

「そうじゃなくて、それ」

おばあちゃんが胸に大事そうに抱えているのは、ポテトチップスの赤いパッケージ。

「そういうのは食べないようにお医者さんから言われているよね？」

昔からジャンクフードに目がないおばあちゃん。夕食前だろうと関係なくお菓子をいつも食べている。

「医者？　ああ、あの二代目のヤブ医者のことか。たしかにそんなこと言っとったが、納得したとは答えてない」

「でも血圧が――」

言いかけた私を押しのけるようにおばあちゃんは台所で手を洗う。見ると、ポテトチップスの袋はほとんど食べつくされている。

「医者が言うことなんてウソばっかり。源五郎《げんごろう》さんなんて、言われるがまま減塩食を食べ続けた挙句、ぽっくり逝《い》ってしまっただら？　正子《しょうこ》さんも同じ。やりたくもないウォーキングをやらされて、転んで骨折。かわいそうに、今では施設に入れられてる」

「それは極端な例だって」

おばあちゃんは乱暴にタオルで手を拭いてから、両腰に手を当てた。

「おばあちゃんに助言した先代の医者、歯医者、シルバー人材の人たちもみんな先にあの世へ行ってしまった。結局、体にいちばんいいのはストレスを感じないこと。実緒だって人のことばっかり気にしてたら早死にするに」

縁起でもないことを言うおばあちゃんにあきれてしまう。

まあ、おばあちゃんが人の言うことを聞かないのは昔からだけど。

戸棚から大きめのタッパーを取り出し、夕飯で食べる分量を残し五目煮を詰めこむ。

「お母さんによろしく伝えて。あと、お菓子ももらってきて」

おばあちゃんの指令に「はいはい」とうなずいた。

火曜日から土曜日までは毎日、おばあちゃんが作ったおかずをお母さんの経営するスナックに届けている。スナックには『突き出し』と呼ばれるものがあり、お母さんは届けたおかずを小皿に載せて提供している。

見返りは大量のお菓子だ。言うまでもなくすべておばあちゃんの手に渡っている。

壁に掛けられた時計を確認した。時間は十八時過ぎ。これから持って行ってもスナックの開店時間に余裕で間に合うだろう。

「たまにはおばあちゃんがおかずを届けてあげたらいいのに。おばあちゃんの作る突き出しのファンも多いらしいよ」

「冗談やないて。お客さんがいるときならまだしも、誰もいないときに会いに行ったら、お母さんが逃げ出してしまうて」

そんなことないよ、と言いかけた口をすんでで閉じた。

ふたりが犬猿の仲ってことは昔から身に染みてわかっている。

「仲が悪い人のために料理を作るなんて意味不明」

「別にお母さんのために作ってるんやない。スナックに来た客にお母さんの料理を出してごらん。『料理も教えてもらえなかったんだね』っておばあちゃんが悪く思われる。それが嫌だから作ってやってるんだよ」

そんなこと思う人はいないだろうけれど、納得した顔でうなずいておいた。

お父さんがガラス戸を開けて入ってきた。水やりを失敗したのだろう、頭からびしょ濡れになっている。

「あんたは水やりすらもできないんかね⁉」

「ホースが壊れてるんだよ」

ふたりのやり合いを聞きながら家を出る。

自転車のカゴに風呂敷ごと置き夕暮れの終わりかけた街を走り出す。ここから自転車で五分くらいの距離にお母さんの店はある。

私はこの時間が好き。自転車を漕《こ》ぎながら、その日あったことや明日のことなんかをぼんやりと考えていると、今日も一日無事に終わったと感じられる。

どんどん日暮れの時間が遅くなっているけれど、この時間ともなると空は深い藍《あい》色に沈んでいる。

おばあちゃんは、人のことばかり気にしてたらダメだと言ってた。でも、言いたいことを言うことで、誰かを嫌な気持ちにさせるほうがストレスたまりそう……。

ああ、人間関係ってなんて難しいんだろう。家にいるとき、学校にいるとき、町にいるとき、どれが本当の自分なのか自分でもわからない。

髪を風になびかせているうちに、お母さんのスナックが前方に見えてきた。まだ照明はついてないけれど、青地に黄色の文字で書かれた『スナックみかん』の看板が目に入る。

二階建てで、上の部分が住居スペースになっているそうだけれど、私はまだあがったことがない。

木製の重いドアを開けると、お母さんが手鏡でメイクを直していた。『制服』と言い張るいつもの白いスーツ姿で、家にいたときよりも何倍も濃いメイクをしているが、すっかり見慣れてしまった。

「お帰りなさい」

私の家じゃないのに、お母さんは毎回この言葉を口にする。

「ただいま」

「聞いてよ、実緒。大家さん、家賃下げてくれるんですって。ほんと親切よねぇ」

「お母さんが脅《おど》したからでしょ。河口《かわぐち》さん、会議で会ったときに嘆《なげ》いてたよ」

河口さんは不動産を経営していて、観光協会に属している。先日会ったときに『実緒ちゃん、実はね……』と青い顔で相談してきた。どうやら結局、家賃を下げることに合意させられた模様だ。

「お母さんは交渉しただけ。人聞きが悪いこと言わないでよ」

「はいはい。じゃあ、これが今日の料理ね」

カウンターの上に風呂敷を置くと、お母さんは「まあ」とまばたきをしながら結び目を解いた。長すぎるつけまつ毛がバサッと音を立てていそう。

「今日は五目煮ね。いちばん人気の料理だから助かるわ」

元々はつぶれて久しかったスナックをリノベーションしたそうだ。外観の古ぼったさからは想像できないくらい、店内は高級感がある。壁紙はまぶしいほどの白色で、カウンターの奥にボックスと呼ばれるテーブルがふたつあるだけの小さな店。

カラオケは当初置かないと決めていたが、営業の佐々木《ささき》さんが足しげく通うものだから先週ついに導入したそうだ。ちなみに佐々木さんは、隣のクラスの男子の父親で、この店の常連のひとりだ。

この町はあまりにも小さい。近所の人はみんな知り合いだし、知らない人でも誰かに聞けばすぐにわかるほど。それが嫌というわけじゃなく、むしろ頼もしいと感じている。

お母さんが足元にある冷蔵庫からミニサイズの缶コーラを出してくれたので、カウンター席に着く。

「ウーロン茶がいいのは知ってるけど、賞味期限が近いから今日はこれにしてね」

「グラスは？」

「贅沢《ぜいたく》言わない。それより新学期がはじまったのよね。彼氏ができたとか、そういうニュースはないわけ？」

カウンター越しにニヤニヤしているのは、昔とはまるで別人のよう。お化けみたいな顔して塞《ふさ》ぎこんでいた別居直前がウソみたいに思える。

「彼氏なんて必要ないし」

「あら。果菜ちゃんなんて絶賛片想い中らしいじゃないの」

「な、なんで知って――あ、そっか。果菜パパがしゃべったんだね」

観光協会の人たちもここの常連だと聞いている。にしても、娘の恋愛を酒の肴《さかな》にする親ってどうかと思うけど……。

「果菜ちゃん、東京に行く夢はあいかわらずみたいね。家でも超節約生活してるみたいよ」

缶コーラのタブを開けると、しゅおっと炭酸の抜ける音がした。

「東京に行くことが夢なんじゃなくって、女優になりたいんだよ」

「あの子ならなれるわよ。町でいちばんの美人さんだもん。実緒も果菜ちゃんを見習ってメイクくらいしなさいよ」

「……そのうちね」

コーラを飲めばやけに炭酸が喉《のど》に苦しい。胸に手を当てる私に、お母さんは「あ」となにか思い出したように宙を見た。

「翔太は元気なの？　ずいぶん前に動画を撮りに来て以来会ってないのよね。彼女でもできたのかしら」

果菜が好きな相手が翔太、ということを知らないと見ていいだろう。

「元気元気。動画はあいかわらずバズらないままだけどね」

「三ヶ日町を有名にするんだ、って燃えてるわよね。あの子もこんな田舎町の宣伝なんてしないで、高校生らしいことをすればいいのに。そういう夢もステキだとは思うけれど」

「みんなちゃんと夢があってうらやましい。私にはなんにもないから」

「これから開店なのに、湿った話しないでよね」

お母さんに悩みごとを話したところで、毎回さらりとかわされてしまう。この店が人気なのは、お母さんの歯に衣着《きぬ》せぬ言い方を魅力ととらえている人が多いからかもしれない。

でも娘の相談くらいは乗ってくれてもいいと思う。

「夢なんてどうでもいいから、高校生らしく恋愛でもしてなさい」

「それが親の台詞《せりふ》？」

「親だからこそ言ってるの。男を見る目を養うには、若い頃からの訓練が必要なの。お母さんなんて結婚するのが遅かったから、あんなマザコン男をつかまえちゃったんだから」

ひどいことを言うお母さんに、肩をすくめてみせた。

「そんなこと言いながら、最近は仲良しじゃん」

「あら、お客さんとして接してるだけよ」

それはないだろう。離婚してからのほうが、ふたりからお互いの話を聞くことが増えたし、話すときの表情だってやわらかい。

「おばあちゃんにだってこれ作らせてるんだし、少しは感謝したら？」

お皿に移した五目煮を指さす私に、お母さんは心外とでも言いたそうな顔をした。

「認知症予防のために協力してるのよ。ちゃんとお礼だってしてるし」

タッパーを包んでいた風呂敷に山ほどお菓子を入れるお母さん。

本当にうちの家族って変わっている。そんなふたりの間に生まれたから、私も人から見れば変わっているんだろうな。

「そういえば映画の撮影が来るみたいね」

お母さんがカラオケの機械の電源ボタンを押した。開店時間が近い合図だ。

「それってまだ秘密なんでしょ？」

「田中さんが言う『トップシークレット』は当てにならないからね。もうどこもそのウワサで持ちきりよ。大日向監督がメガホンを取るなら話題性も十分よね」

大日向監督。そうだ、観光協会の人も果菜もその名前を口にしていた。

「実緒は昔からテレビとか映画に興味なかったもんね」

反応が鈍い私にお母さんはスマホを操作し、画面をこちらに見せてくる。……これは、映画のチラシだろうか。黒い背景のなか、おびえた顔の男女が寄り添っている。『絶叫！ゾンビ学校』と不気味なデザインでタイトルが記してあった。

「この映画でデビューした監督でね、三ヶ日町出身なのよ。今、三十歳くらいかしら？」

「え……ここで撮影するのもホラー映画なの？」

「やだ、違うわよ。代表作がこれってこと。ほかは知らないけどね」

「ふうん」

聞いたことのない映画だし、友だちの間で話題になった記憶もない。あまり有名な監督ではないのかもしれない。

「あとね、主演女優がミツキなんだって。お母さん、あの子好きなのよね～」

「ああ、子役の子？」

それなら聞いたことがある。子役時代に演技派として知られていたし、雑誌の表紙になったのも見たことがある。

「子役時代なんてとうの昔でしょうに。まあ、最近はわき役ばかりだけど、子どもの頃から知ってるから応援したくなっちゃうのよね。たしか、実緒と同い年じゃないかしら」

そこまで言ってからお母さんは「あ」と時計を見た。

「もうこんな時間。そろそろ帰りなさい。帰り道は気をつけるのよ。知らない人に声かけられても止まらずに猛スピードで逃げなさいね」

最後だけはいつも母親らしいことを言うお母さん。するりとカウンター席から降りて私は言う。

「おやすみなさい」

「おやすみなさい」

ヘンな形の家族だけど、前よりはずっといい。

自転車のカゴに戦利品のお菓子が入った風呂敷を放りこみペダルを漕ぎだす。もう夜の景色に変わった町を、頼りない自転車のライトが照らしている。

今でもたまに別居が決まったときのことを思い出す。『一緒に住まない？』と軽い口調でお母さんは私に尋ねた。

秒で断った私のことをお母さんはどう思っているのだろう？

お母さんと住みたくないわけじゃなかった。店の二階に部屋がひとつしかないこと、お父さんが心配だったこと、おばあちゃんが当時腰を痛めていたこと。

どの理由を言葉にしても言い訳に思われそうで、なにも言えなかった。

罪悪感が今でも胸に残っている。

家族の前ではなんでも話せている気がしていたけれど、改めて考えると違う気がする。

帰り道はいつも、自転車のペダルが少しだけ重い。


土曜日、曇り。

昼過ぎに家を出て自転車を走らせていると、その声が耳に飛びこんできた。

「うるせーよ！」

翔太の家は珍しくシャッターが開いていた。店のなかに翔太のうしろ姿が見えた。とっさになぜ自転車を降りたのか、自分でもわからない。

翔太のお父さんが言い返しているけれど、なにを言っているのかは聞き取れなかった。

しばらく押し問答が続いたあと、

「あんたにだけは言われたくない。ほっとけよ！」

また翔太が怒鳴る声がした。

立ち聞きしているようでいたたまれない。家に引き返そうか迷っていると、翔太が店先から飛び出して来た。私に気づくこともなく、翔太は自転車に飛び乗るとすごい勢いで漕いで行ってしまう。

それきり店内から声は聞こえなくなった。

どうしようか……。迷いながらサドルに腰をおろすと、翔太のお母さんがサンダル履《ば》きのまま出て来た。

「あ、実緒ちゃん……」

店をやっていた頃は、緑色のバンダナとエプロン姿ばかり見ていたから、普段着のおばさんは新鮮だ。

「こんにちは」

なにも気づいてないように挨拶《あいさつ》をする私に、おばさんもニッコリ笑った。

「お出かけ？」

「おばあちゃんに観光協会に行くように頼まれて。差し入れだって。まだ時間が早いから、スーパーで買い物をしてから行こうかな、って……」

聞かれてもいないのに予定を説明する。最後のほうは小声になってしまった。

おばさんは「そう」とうなずくと、一瞬だけ翔太が去ったほうに目をやってから私に視線を戻した。

「印鑑屋さんをやめてからずいぶん経つのに、おばあちゃんはマメよね」

「自分で行けばいいのに、足として使われてばっかり。お父さんなんて我関せずだし」

「ふふ。大変ね」

そう言ったあと、おばさんは少し表情を曇らせた。

「うちは店を閉めちゃったでしょう？　本当なら今日の会議も出席できないんだけど、あの子、聞いてくれなくってね。本当に頑固なんだから……」

店内でおじさんがバラバラにちぎれた紙を拾っているのが見え、慌てて目を逸《そ》らした。

「ごめんなさいね。こんな話をしちゃって」

「いえ……」

取り繕《つくろ》う笑みに、私は首を横に振った。

いつもこうだ。誰かが悩んでいても、言われるまでは……ううん、言われたとしても深く立ち入らないように自分を制御してしまう。

どんな言葉をかけたって現状が変わることはないし、他人からの同情はなんの役にも立たないと思うから。

黙る私に、おばさんは目の前で手を横に振った。

「呼び止めちゃったわね。皆さんによろしく伝えてね」

悲しい笑みを最後まで見ないフリで、私は自転車にまたがる。

車道を右に曲がり、別所《べっしょ》街道を進んでいく。三ヶ日駅もスーパーをも通り過ぎ、ひたすら漕ぎ続けているうちに、四月というのに額に汗がにじんできた。

神戸橋《こうべばし》を越えると右手にあるのが初生衣《うぶぎぬ》神社だ。

何本もの大木と木製の柵《さく》に守られている小さな神社は、子どもの頃からなにも変わっておらず、ここだけ時間が止まったように感じる。伊勢《いせ》神宮と関わりがあり、織物の神様を祀《まつ》っているらしいけれど、詳しいことはよくわからない。

小さな鳥居のそばに翔太の自転車がとめてあった。その隣に自転車を置き、鳥居の前で一礼してからなかに入る。

拝殿の左側にある砂利道《じゃりみち》を進むと、木のトンネルの向こうに本殿が見えてくる。本殿に続く階段の横にある背の低い石垣に翔太は座っていた。

私に気づくと、教室でよく見る笑顔を作った。

「おう、実緒」

元気に挨拶をしてから、すぐにふてくされたような顔になる翔太。下唇を突き出す姿は少年のまま。

隣に腰をおろすと、

「実緒って占い師なわけ？」

なんて聞いてくる。

「なんで占い師なのよ」

「俺が元気ないときに現れるから」

「元気がないときに、この神社に来てパワーをもらっていることを知ってるだけ。あと、さっきおじさんとケンカしてるのを目撃しちゃったのも原因のひとつ」

私が隠しごとをせずに話ができるのは、この世界で翔太しかいない。昔からなんでもわかり合えたから、親の不仲についてもずっと相談してきた。

「げ。見られてたのかよ」

「あんな大声で怒鳴ってりゃね。落ちこんでいるだろうから、きっと初生衣神社にいるだろうな、って思って来てみたの」

背の高い木々が風に揺れている。葉のこすれる音が音楽みたいに耳に届く。

その向こうには青く、果てしない空が広がっている。右側に綿あめのような雲がぷかりとひとつ。

「まあ、よくあるケンカだし」

そう言いながら翔太はスマホを空に向けて録画ボタンを押した。元気がないときでも撮影を忘れないのは立派だと思う。

「観光協会の退会届を破るなんて、かなりたいしたことだと思うけど」

「え……なんでわかるんだよ。やっぱり実緒は占い師だ」

苦笑する翔太に「そうかもね」とおどけてみせた。

「おじさんもおばさんもなにも言ってないよ。紙を拾っているのを見て推理しただけ。お店を閉めたから退会届を出さなくちゃいけないんだけど、翔太は辞めたくないんだよね?」

「そこまでわかってるなら、占い師って言うよりも名探偵だな」

「かもね」

口を閉じると、木が奏でる音が少し大きくなった。少しの沈黙のあと、翔太が私を見た。

「俺が一人前になって店を再開させるまでは観光協会にいたいんだよ。まあ……俺のワガママなんだよな」

「そんなことないよ。翔太が思うようにすればいいと思う」

そう言うと、翔太は複雑そうに顔をゆがめた。

「情けないよな、実緒に守られてばっかだ」

「守ってるつもりはないって。ただ思っただけ」

ひょいと立ちあがった翔太が「よし」と私の前で仁王《におう》立ちになった。

「これからは俺が実緒を守るからな」

昔から翔太はよくこの言葉を言う。翔太は覚えていないだろうけれど、最初は幼稚園で私が泣いていたときだ。名前も覚えていない友だちにブランコを奪われて泣いていた私に言ってくれた。

「はいはい。期待しないで待ってる」

「ちぇ。俺は本気なのになあ」

いつしかこの会話の流れが定型文のようになっている。

悔《くや》しそうな顔の翔太だけど、さっきよりも表情は明るさを取り戻している。

「そろそろ会議行かなきゃ。実緒も行くんだろ？」

「うん。おばあちゃんの差し入れを持って行かないと」

「俺たち、ふたりとも観光協会の仮会員ってとこだよな」

クスクス笑っているけれど、本当はさみしいんだよね？

鳥居まで戻り自転車に乗ると、商工会議所まで縦に並んで走る。

翔太が落ちこんでいるところを邪魔したみたいな気がして、私まで落ちこんでしまいそう。

後悔ばかりの日々は、昔も今も変わらない。


今日の会議のテーマは『映画招致に関する注意事項』とのこと。

商工会議所にある会議室には、町役場の担当者ふたりと観光協会に所属している店舗の経営者が十五名ほどいた。四角く並べたテーブルに座っているのはどれも見知った顔ばかりだ。

今日はよほど重要な会議らしく、『製作実行委員会』と書かれたネームプレートが置かれた席に見知らぬ男女が座っている。ひとりは見るからに上役っぽい強面《こわもて》の男性で、もうひとりは若い女性。どちらもニコリともせず持参したノートパソコンとにらめっこをしている。

おばあちゃんからの差し入れがある日は、まずは給湯室で人数分のお茶を淹《い》れるのが私の仕事。決められているわけじゃないけれど、いつの間にかそうすることが当たり前になっていた。

　お盆に人数分の湯呑《ゆのみ》をセットし会議室に戻ると、すでに映画についての話がはじまっていた。

「撮影期間が非常に短いため、皆さんのご協力が必要となります。エキストラの募集も回覧板に入れるだけでなく、三ヶ日駅にチラシを貼るなどの対応が必要です」

　果菜パパが説明すると、参加している人から口々に声があがった。

「そうは言っても、映画は戦時中の物語だら？」

「昔の話なんじゃあ、俺の店は出せないってことけ？」

「やいやい、それじゃあしょんねえなあ」

　お茶を配りながら、おばあちゃんが作った羊羹《ようかん》も一緒に添えていく。

「お気持ちはわかりますが、舞台地であることから公開後には多数の観光客が見こめます」

　しどろもどろに話す果菜パパは昔、うちのおじいちゃんの弟子だったそうだ。おじいちゃんのあとを継ぎ、この近くで印鑑屋を営んでいるが、どうも気が弱いところがある。

「とにかく皆さんで協力して映画を成功させましょう」

「んだども、なあ？」

　渋い顔を崩さない面々において、翔太だけは目を輝かせている。

「そんなこと言わずにみんなで協力しましょうよ」

立ちあがる翔太を、みんなが口をへの字に曲げて見やった。

「三ヶ日町が全国に知ってもらえるチャンスじゃないですか。映画のタイトル、ええと……『蛍《ほたる》みたいな、この恋』をもじったコラボグッズを作れば、絶対に皆さんのお店にも観光客が訪れますって」

「コラボ？」

三ヶ日製菓の伊藤《いとう》さんが首をかしげると、「そうです！」と大きく翔太はうなずいた。

「コラボっていうのは、映画のタイトルとか出てくるアイテムを自社の商品に取り入れること。コラボすることで必ず恩恵があります」

抑揚《よくよう》をつけながら丁寧《ていねい》に説明する翔太に、誰もが耳を傾けている。私も手を止めていたことに気づき、慌ててお茶配りを再開した。

「三ヶ日製菓さんは『蛍みたいな、この恋饅頭《まんじゆう》』とかどうです？　田中さんのところは映画のロゴの印鑑とか、浜名湖ロイヤルホテルさんは映画ランチとかを提供するのはどうでしょうか？」

「いいね、それいただくわ」

ホテルオーナーがぱちんと手を叩いた。

「とにかく、自由な発想で三ヶ日町をＰＲできるんです！」

翔太のテーブルにお茶を置く。

「まあ、それならなあ」

重鎮のひとりが同意するのを見て、みんな肯定的な考えに変わっていく。翔太と目が合うと、うれしそうに目じりを下げた。

さっきまでの落ちこんだ様子もなく、会を取りまとめている姿がいつもより頼もしく見えた。

「翔太の案はいいですね。ということで――」

果菜パパが頭を下げてあとを引き継ごうとするが、翔太はまだ話し足りない様子で「ただし」と続けた。

「よほどのPRをしないと、映画はすぐに忘れられてしまいます。日本で一年間に公開される邦画の数は、なんと六〇〇本を超えているんです。今回の映画は予算も撮影日数も上映映画館も、大手のそれよりも少ないと聞いています。ですからバズらせることが不可欠なんです」

「バズ……？」

いちばん年配の果物屋さんの主人が眉をひそめた。

「そうです。SNSを駆使し、俺たちで宣伝をするんですよ。撮影風景やお店の紹介をアップしていけば話題になり観光客が増えます。それで商品が売れれば一石二鳥じゃないですか」

興奮する翔太にぽかんとしながらも、その熱量にみんなが感化されていくのがわかる。昔から翔太は台風の目のようにみんなを巻きこむことに長《た》けていた。

「なんかようわからんが、翔太がそう言うならやるか」

誰かが言い、みんなが同意のうなずきを返した。

たしかに宣伝動画をアップすればそれなりに話題にのぼるかもしれない。

うれしそうな顔で席に着く翔太に異を唱えたのは、制作実行委員会のふたりのうち、右側に座る女性のほうだった。口をへの字に結んだまま、右手をまっすぐ上にあげている。

薄いメイクに黒ぶちメガネ、髪はうしろで固く結わえている。年齢は二十代半ばだろうか、落ち着いていると言うより真面目《まじめ》そうなイメージ。

「あ、ええと……」

果菜パパが手元の資料に目を落とす間に、

「堅谷《かたや》です」と女性は想像よりも低い声で名前を名乗った。隣の上役と思《おぼ》しき男性は手元のノートパソコンのキーボードをたたき続けている。

「製作実行委員会事務局長をさせていただいております。今回の映画の宣伝まわりや広報につきましては、製作実行委員会の主体で動くことになります。宣伝方法やスケジュールにつきましても、今後はわたくしどもを通していただきます」

はっきりと言い切ったあと、堅谷さんは果菜パパをまっすぐに見た。

「コラボグッズなどにつきましても、版権の問題がございますのでこちらの審査を通過した上での製作をお願いいいたします」

「いや、でも……ですね。映画の企画は俺が……」

「きっかけはそうでしょう。ただ、映画を作るには制作会社をはじめ、原作者や出版社、メーカーやスポンサーなどたくさんの人の力と資本、総意が必要です。また、一度世の中に出回り定着してしまったイメージは消すことができません。各々《おのおの》が勝手に動くことで映画のイメージが崩れないように、私たち製作実行委員会があるわけです。今後はこちらの許可が必要だということをお忘れなく」

しん、とした空気が流れた。隣の男性が打つキーボード音だけが無機質に聞こえている。嫌な雰囲気《ふんいき》を肌で感じながら、私も空いている椅子に腰をおろした。

そのとき、突然「でも」という翔太の声が場に響き渡った。

驚いて顔を向けると、翔太が不服を顔に貼りつけていた。

「せっかく田中会長が監督にかけあって映画の企画を取ってきたというのに、それってひどくないですか？」

「ちょ、翔太」

止めようとする私を気にすることもなく、翔太はまっすぐに堅谷さんに顔を向けている。

「三ヶ日町観光協会は奥浜名湖地区を盛りあげようとがんばっているんです。それをあとから来て乗っかろうとするなんて、どうかと思うんですけど」

「乗っかる乗っからないの問題ではなく、スポンサーや製作者の許可がないものは、世に出せないと言っているのです」

毅然《きぜん》と言ってのける堅谷さんの顔を上目づかいで翔太は見ている。

「製作実行委員会から正式なコラボグッズを出そうとしているんですか？」

「製作実行委員会から許可されていないグッズはすべて非公式になると申し上げているのです」

あくまで冷静な口調で答える堅谷さんに、翔太は納得できないように短くうなり声をあげた。

「やっぱり納得できません。それだと、観光協会にメリットがないじゃないですか」

正義感の強い翔太に、周りの人は堅谷さんに見えるように大きくうなずき同意を示している。

「あなた、名前は？」

堅谷さんのメガネが光ったように見えたのは私の気のせい？　臆することなく尋ねる堅谷さんに、翔太は顔を曇らせた。

「……隼瀬翔太です」

「隼瀬さん。メリットとかデメリットの話をするのであればご説明します。製作実行委員会に参加している企業はこの映画に投資をしています。スポンサーに対しメリットを考えるのは当然のことでしょう。それに、コラボをするにはある程度のクオリティも必須です。なんでもかんでも商品にしていいわけではありません」

堅谷さんの言い方は厳しいけれど、言っている意味はわかる気がした。たくさんのコラボグッズが氾濫《はんらん》してしまえば、それぞれの価値も下がってしまうだろう。

けれど、翔太にその気はないらしくブンと音が出るくらい頭を左右に振った。

「それでも、撮影に協力する観光協会に対してもメリットがあるべきです」

ああ、翔太は観光協会が本当に好きなんだな、と思った。ケーキ屋さんはもうないのに、ここにいる人のために必死で訴えている。応援してあげたいけれど、私はふたりのやり取りを見ていることしかできない。

トントンと、いら立った様子で台本を叩いたあと、堅谷さんはすうと息を吸ってから口を開いた。

「――あなた、戦えるの？」

「え？」

きょとんとする翔太から目を逸らさずに堅谷さんは続けた。

「コラボグッズを購入した人からクレームがくることはありえます。最悪、訴訟沙汰《そしょうざた》になることもあるでしょう。その責任をあなたが取れるのでしょうか？」

「………」

まるでヘビににらまれたカエルのように、翔太は押し黙った。いや、押し黙らせられたように見える。

助けてあげたいのに、気づけば私はテーブルに視線を落としていた。

「制作会社はそういうことも含めて、コラボグッズなどを選定し製作します。不満なのであれば映画の撮影地を変えることも検討します」

カタッ。隣の男性のキーボードを打つ手が止まった。

「先輩。それは……」

「いいのよ。これくらい言わないとわからないんだから」

鼻息荒く言ったあと、堅谷さんはプイと横を向いた。

どうやら上司と思っていた男性はまだ若いらしい。もしくは堅谷さんが見た目以上に年齢が高いのだろうか。

「とにかく」と、まとめるように堅谷さんが音を立てて台本を閉じた。

「余計なことをする前に、必ずわたくしどもへ話を通してください。それが結果としてこの観光協会を守ることになりますから。話は以上です」

もう翔太はなにも言い返さなかった。

重い空気に満たされている会議室にあきらめのため息がいくつも聞こえた。

帰り道は自転車を押して歩いた。

翔太は隣で鼻歌をうたっている。それは、翔太の強がりではない。

「大逆転だったよなあ」

「あ、うん……」

「もっとよろこんでよ。俺の案が通ったんだからさ」

翔太がよろこぶのも無理はない。

あのあと、オンラインで大日向監督につないだところ、堅谷さんが止めるのも聞かず、翔太がコラボグッズについて提案したのだ。大日向監督はコラボについてかなり乗り気だった。『どんなコラボグッズでも観光協会が作ったものなら大歓迎』という言葉に、堅谷さんは『監督、あなたわかっていませんね。スポンサーがノーと言ったら監督だって替えられるんですよ！』とまくしたてたが、大日向さんは意にも介していなかった。『なにかあったら守るのが製作実行委員会の仕事だろ』と言われ、眉間《みけん》のシワを深くしたが、それ以降口を挟むことはなかった。

お母さんの言う通り大日向さんはこの町出身らしく、流ちょうに映画の撮影スケジュールについて説明をしてくれた。翔太の提案するＳＮＳに撮影風景をアップする試みについても了承してくれた。

つまり、翔太の案が通ったことになる。会議が終わると、苦虫をかみつぶしたような顔のまま堅谷さんは会議室を出て行った。

カラスの鳴く声が空に響き、遠くの山に小さくこだました。私たちが作る長い影が前方に伸びている。

夕日のオレンジに染まる横顔を見てわかる。翔太は心からよろこんでいない、ということを。そして同じように、翔太が困っているときに助けられなかった私も、複雑な思いを抱えて歩いている。

「俺さ」と、翔太がひとりごとのようにつぶやいた。

「言いたいことをすぐに言っちゃうんだよな。あとになれば言い方とか伝え方とかがまずかったってわかるんだけど、熱くなると止められなくってさ」

「あ、うん……」

「堅谷さんに謝ってきたよ。不機嫌な顔のままだったけど、謝罪は受け入れてくれた」

やっぱり気にしてたんだな。昔から翔太は口にしたあと、ひとりで悔やむタイプだから。

「でも、あの場でちゃんと発言できるなんて……翔太はやっぱりすごいね」

ケーキ屋を再開することだけじゃなく、この町全体のことも考えている。

果菜が好きになったのもわかる気がする。

「実緒だってすげえよ」

突然自分のことを言われて戸惑ってしまった。

「私、なんにもしてないよ」

「だって俺と実緒ってさ、正式にはもう観光協会のメンバーじゃないわけじゃん。俺は店の再開をしたいから参加してるけど、実緒はそうじゃない。なのに、お茶を淹れたり差し入れしたりしてて、すごいと思う」

急に褒められたことで一気に顔が赤くなるのを感じた。今が夕焼けでよかった。

「おばあちゃんが差し入れを持って行け、ってうるさいから行ってるだけだし。途中で抜けるのもなんだから……いるだけだよ」

あの場にいたのになにも言えなかったことが、まだ後悔の尾を引いている。もう一度あの時間に戻れたとしても、きっとなにも言えないこともわかっている。

しょうがないよ、私はクラゲだから……。そんな言い訳を心のなかで何度もくり返しているだけ。

「実緒のばあちゃん、マジで元気だよな。九十越えてるんだろ？」

「九十三歳になるよ。たぶん私よりも元気だと思う」

「遅くに結婚したんだっけ？」

こんな普通の会話がなんだかうれしくて、「そうだね」といつもよりやわらかい口調になってしまう。

「おばあちゃんは当時としては珍しく、かなりの晩婚だったたって。うちの親もそうだから、遺伝みたいで怖いんだけど」

「おじさんも五十を越えてるんだもんな」

夕日の沈みゆく山際《やまぎわ》が、燃えるように赤く染まっている。

なんにしても会議が無事に終わってよかった。大日向さんも翔太を気に入ってたみたいだし。

観光協会の人が、閉店したケーキ屋の息子である翔太の参加を許しているのは、彼のサポート力を認めているからだろう。

「ケーキ屋さん、再開できるといいね」

翔太がどんなにおじさんの店が好きだったか、私がいちばん知っている。今でも新作レシピを考えていることも、休みの日は試作を続けていることも。

「ありがとう」

少年みたいな顔で笑う翔太から意識して目を逸らす。

いつもよりかっこよく見えてしまうのはなぜだろう？　果菜の恋を応援しているのだから、私もちゃんとサポートに回らないと……。

「てことでエキストラ、よろしく」

「うん。……え？」

見ると翔太が意地悪な顔で私を見ている。

「今、うん、って言ったよな？」

「言ってない。え……無理だよ。目立つのが嫌なこと知ってるでしょう？」

「エキストラは目立たないから大丈夫。観光協会にいる以上は出てもらわないとなっ」

そう言うと翔太は自転車に飛び乗って漕ぎだした。

「観光協会のメンバーじゃないって！」

慌てて追いかけるけれど、

「大丈夫だって。実緒のことは俺が守るから！」

いつもの決め台詞を吐いて翔太はずんずん道を進んで行く。その間に夕日は役目を終え、遠くの空は藍色に変わっていった。

平凡な毎日は、あと少しで非日常な光景に変わる。

もうすぐ映画の撮影隊が、この町にやって来る。

2　五月とエキストラ

三ヶ日駅《みつかびえき》から歩いて三分の場所にある三ヶ日製菓という和菓子屋さんで果菜《かな》はバイトをしている。

昭和から続く和菓子屋で、二代目にあたる伊藤《いとう》さんは私が赤ちゃんだった頃を知っているそうだ。

果菜は割烹着《かっぽうぎ》姿で『初生衣《うぶきぬ》』という名の和菓子を陳列カゴに並べている。薄いどら焼きのような生地であんこを包んだもので、うちのおばあちゃんの大好物だ。

五月になり、世間はゴールデンウイークに突入している。三ヶ日製菓には『柏餅《かしわもち》』と書いた手書きのＰＯＰが飾られてあった。

「柏餅もいいけど、私はちまきのほうが好きなんだけどな」

ショーケースを覗《のぞ》いてもちまきは見当たらない。

「ちまきってなんだっけ？　中華料理のやつ？」

陳列を終えた果菜が聞いてきた。

「中華ちまきじゃなくて、笹の葉につつんだお餅のこと。シンプルなお餅なのに笹の香りがさわやかで、昔から好きなんだ。最近あまり見かけないいんだよね」

「そんなことより、あたし気になることがあるんだけどさ」

カウンターのなかに戻った果菜はいつにも増して髪型もメイクも凝《こ》っているけれど、白い帽子と割烹着のせいでなんだかアンバランスな印象。

「映画の撮影って本当にしてるの？　芸能人にいつバッタリ会ってもいいようにオシャレしてるのに、全然会えないいんだけど」

なるほど、気合いが入っているのはそのせいか。

「ミツキとか楠《くすのき》リョウはどこにいるのよ。まさか、撮影が中止になったとかじゃないよね？」

「楠リョウって誰？」

聞いたことがある気もするけれど顔が浮かんでこない。

「マジで言ってる？　楠リョウって言ったら、めちゃくちゃ人気の俳優だよ。まだ二十代なのに名わき役って呼ばれてて、今回ついにミツキとともに主演を張るんだよ。人気急上昇、要注目、見逃し厳禁なんだから」

さすが女優を目指しているだけあって果菜は詳しい。

「映画の撮影ははじまってるみたい。今は、山のなかにセットを組んで撮影しているんだって。果菜パパからなにも聞いてないの？」

「急に教えてくれなくなったの。いろんな人に教えまくっていることがバレて、製作実行委員会の怖い女性に怒られたんだって」

堅谷《かたや》さんのことだ、とすぐにわかる。

頬《ほお》を膨《ふく》らませている果菜が入り口に目を移した瞬時、笑みを浮かべた。

「いらっしゃいませ」

自動ドアが開き家族連れが入店した。続いてもう一組。みんな柏餅のコーナーに直進していく。開店直後だけど、子どもの日が近いため今日は忙しそうだ。

邪魔するのもいけないので、そろそろ帰ろうかと思っていると新たに男性がひとり店内に入ってきた。

「いらっしゃいま……ヒッ!」

おかしな声をあげる果菜。見ると、まるで幽霊でも見たかのように目を見開いている。口もスローモーションで開いていく。

「どうしたの?」

「……ッ!」

ビクンと身体《からだ》を揺らした果菜の視線は、店内を歩く男性にロックオンされている。若い男性で、長めの黒髪が歩くたびにサラサラと揺れている。

高身長なのに頭がびっくりするほど小さくて、細身のデニムをはいた足が私よりも細いのは間違いない。黒ぶちメガネが似合っていないのは、普段かけていないからだろうか。

必死で手招きをする果菜に近づくと、

「楠リョウ……」

さっき口にしていた俳優の名前を震える声でつぶやいている。

「え？」

改めて観察しても、そもそも顔を知らない私には確認のしようがない。彼は店内を一周すると、口元に涼しげな笑みを浮かべて果菜に会釈をし、店を出て行った。

「あ、待って！」

追いかけようとする果菜の腕をすんでのところで捕まえた。

「放してよ！　楠リョウが！」

「だって今、バイト中でしょ」

「そんなのどうでもいいでしょ。やっと会えたんだよ！」

興奮状態の果菜が、「そうだ」と私を見た。

「じゃあ店は実緒《みお》にまかせていい？　いいよね⁉」

「ダメに決まってるでしょう。お願いだから落ち着いてよ」

腕をふりほどこうとする果菜を必死で止めるけれど、グイグイ自動ドアまで引きずられていく。

ずなのに。

「だって、あたしに笑顔で挨拶《あいさつ》してくれたんだよ。きっと彼はあたしを好きなんやて」

どう考えたらその思考になるのかわからない。そもそも、果菜は翔太《しょうた》のことが好きなは

「すみません」

家族連れがレジの前に立つのを見て、果菜はようやく我に返ったように腕の力を抜いてくれた。

「はい、ただいま」

明るい声で伝えたあと、

「追いかけて」

と私の耳に顔を近づけた。

「え？」

「いいから追いかけて。このチャンスを逃したら一生恨むんだから」

冗談だろうと果菜の顔を見れば、見たこともないくらい真剣な顔をしている。

「でも……追いかけてどうするの？」

「あたしの名前をちゃんと売りこんでくること。必ずだよ、必ず！」

言うだけ言うと、果菜はカウンターのなかに戻りレジを打ち出した。

立ち尽くす私に『早く行け』と言わんばかりの視線を送ってくるので、仕方なく店を出

た。

……追いかけるって言っても、どうすればいいのだろう？

とりあえず楠さんが出て行った方向へ足を進めることにした。どうか見つかりませんように、という願いもむなしく、先にある横断歩道にその背中を見つけた。

絵になるな、と思った。

風のゆくえを探すように顔をめぐらせる姿は、一枚の絵画を見ているようだった。

彼は私に気づくと、さっきと同じ笑みを浮かべた。

「ああ、さっき店にいた……高校生？」

思わず身を硬くしてしまったけれど、追いかけたのは私のほうだと我に返る。

「はい……立花《たちばな》実緒です。あの、楠リョウさんですか？」

「バレちゃったか。これでも変装してるつもりなんだけど」

大人の人と話すのは苦手。しかも芸能人ならなおさら緊張してしまう。

「あの、その……」

声がかすれてしまい、楠さんが「ん？」と首をかしげた。

ちゃんと言わないと……。

「私の友だちが、楠さんの大ファンなんです。あの……さっきのお店でバイトしているんですけど」

と三ヶ日製菓をふり返る。

「レジの子のこと？　そうなんだうれしいな。でも、君は僕のことを知らない感じ？」

鋭い楠さんに口をギュッと閉じてしまった。ここでウソをついても仕方ない。

「私は芸能界に疎《うと》くて……存じあげませんでした。すみません」

素直に言うと、楠さんは声に出して笑った。よく通る声が五月の空に広がるのを見た。

「謝らないで。僕の知名度はまだまだだからね。楠リョウです。俳優をやらせてもらっています」

こんな田舎《いなか》の女子高生にも丁寧《ていねい》に挨拶をしてくれるなんて、好感を抱くしかない。果菜がファンになるのもうなずける。

「映画の撮影に来られているんですよね？」

「よく知ってるね。まだ情報解禁されてないのに」

まっすぐに見つめてくる瞳が美しく、言葉のひとつひとつが脳に直接届いているような錯覚《さっかく》に陥《おちい》る。

「エキストラの募集が出ていましたし、観光協会にも顔を出しているものでして……」

おずおずと答える私に、楠さんは白い歯を見せて笑った。

「僕の撮影は明日からだから、今日は監督に挨拶しただけ。マネージャーから打ち合わせに来るよう言われたんだけど、そういうのは苦手でさ。せっかくだからこの町を探索しようかなって」

　初対面なのに人懐っこい楠さんが、

「けれど僕は、どうやら迷子のようだ」

　一転、すねたような顔になった。芸能人にはオーラがある、と言われているのも納得。あまりにも絵になるし、表情ひとつひとつから目が離せない。

「迷子、ですか？」

「旅館に行くように、ってメモを渡されたんだけど、うっかり落としてしまったらしくて。マネージャーも打ち合わせ中らしく電話に出てくれないんだよ」

　それは大変だ、と思うけれど、当の本人に焦った様子はなくむしろ楽しんでいるようにも見える。

「君……実緒ちゃんだっけ？　どこでスタッフが打ち合わせをしているか知らない？　会場に行って聞いてみるしかないかな、って」

　打ち合わせできる場所で最初に思いつくのは商工会議所だけど、ここから歩くには遠すぎる。近くの喫茶店《きっさてん》とかなら、駅前にグラニーズバーガーというハンバーガーショップがあるけれど、今はまだ準備中のはず。

　グルグルと頭のなかで考えていると、ふと翔太の顔が浮かんだ。

「ちょっと聞いてみますね」

スマホを開き、翔太にＬＩＮＥを送る。

【おはよう　今、映画スタッフがどこで打ち合わせしているか知ってる？】

すぐに既読マークがつき、ネコが『おはよ』とあくびをしているスタンプが送られてきた。

【いろんなところで打ち合わせしてるからわかんない】

【じゃあ、出演者が泊まる予定の旅館は？】

ＬＩＮＥのやり取りをしている間に、楠さんはまぶしそうに晴れた空を眺めていた。芸能人と一緒にいるんだ、と思うと急に胸がドキドキしてきた。

【なんでそんなこと知りたいの？　芸能人に興味ないのに】

翔太からの返信に、「もう」とつぶやく。

【いいから教えて　すぐに】

既読マークがついたあと、すぐに返信がきた。

【滞在中は、割烹旅館の琴水《きんすい》を貸し切りで押さえている　ひょっとして今、出演者と一緒にいるとか？】

勘の鋭さは昔から変わらない。

『ありがと』と、こちらもネコのスタンプで返してからスマホをしまった。

「琴水という割烹旅館が出演される皆さんの宿泊場所だそうです」

「ああ、たしかそんな名前だった気がする」

「列車に乗って東都筑駅《ひがしつづき》で降りて十分くらい歩くんですけど……」

「タクシーを拾うからいいよ」

あっさりと言う楠さんに思わず笑ってしまった。

「タクシーなんて駅に停まっていませんよ」

楠さんはきょとんとした顔のあと、白すぎる歯を見せて笑った。冗談を言っていると思われたのかも。

「やっと笑った」

「え？」

「実緒ちゃん、すごく緊張してたから。笑顔が見られてうれしいよ」

「……そう、ですか」

こういう状況なら人は恋に落ちるのかもしれないけれど、私にはその経験がない。どちらかといえば、年輩の――おじいちゃんに諭《さと》されている気分。それくらい楠さんは落ち着いて見える。

「東都筑駅は無人駅なので、タクシーは本当に停まっていないんです。たしか旅館で送迎をしてくれるはずなので連絡してみましょうか？」

さっきより普通に話ができていることに気づき、少し胸をなでおろした。

もう一度スマホを開くと、ＬＩＮＥの通知が五件表示されていた。おそらく翔太からのものだろう。

唇に人差し指を当てた楠さんが「んー」と考えている。近くで見ると陶器のように白い肌に目を奪われる。二十代半ばくらいだと聞いていたけれど、もっと若く見えた。

「いいよ。せっかくだから、スマホで地図を見て散歩しながら行ってみる」

「そう、ですか……」

東都筑駅を出てまっすぐに進めば、一度右折するだけで琴水には着ける。ホッとする私に、「でも」と楠さんは難しい顔をした。

「僕は極度の方向音痴《おんち》なんだよね」

「え……？」

「だから、誰かが一緒に行ってくれると助かるんだけどな」

今度はこちらが冗談を言われているのかと思ったけれど、答えを待つように楠さんは首をかしげている。

いくら芸能人とはいえ、初めて会った人と一緒に行くわけにはいかない。

ここはきっぱりと断ろう。そうだ、琴水の若女将《おかみ》である結子《ゆうこ》さんに電話して、この駅まで迎えに来てもらえばいいんだ。

意を決して私は口を開いた。

「すごい、海がこんなに近くにあるなんて！」

さっきから楠さんは見るものすべてに感嘆《かんたん》の声をあげている。

三ヶ日駅の造りや、短車両の列車、田んぼや空にまで感動を覚えている様子。一方の私は、と言えば、断れなかった自分を悔やんでばかり。

結局ふたりで三ヶ日駅から列車に乗ってこの駅まで来た。

東都筑駅で降りてからも、糸の切れたタコのように右へ左へと勝手に進んでいく楠さんのせいで、旅館に到着するまでに三十分以上もかかってしまった。

「海に見えるんですが、これは浜名湖《はまなこ》という湖なんです」

琴水の前には道路があり、その向こうには雄大な湖が手を広げている。

「ここが浜名湖なんだね。いいね、実緒ちゃんは自然がたくさんある場所に住めて。見て、空がこんなに広い！」

少年みたいにはしゃぐ楠さんは、当たり前のように私を『ちゃん』づけで呼んでくる。

「浜名湖も空も、住んでいるとあまり気にしていないですね。あることが当たり前になる、っていうか……」

「ああ、それわかるよ。僕も東京に憧《あこが》れて地方から出たんだけど、高層ビルとか人ごみとかに驚いてたのは最初だけ。今じゃ、すっかり風景と化してるし」

琴水の建物の前まで来ると、楠さんは「ほう」と感心したようにうなった。

「瓦《かわら》のある旅館は珍しいね。浜名湖のすぐそばにあるロケーションもすばらしい」

さっきまでの無邪気さと、専門家のように渋い顔。俳優って状況に応じてコロコロと表情を変えるものなのかもしれない。

「琴水は、明治四十年に開業し、百十年以上の歴史のある割烹旅館なんです。文豪や有名監督のお気に入りとしても有名です。夜には窓から月がきれいに見えますよ」

「すごいね」

「本当にすごいんです。斜面に部屋を階段状に建設しているので、上の部屋からは瓦が見下ろせるんですよ」

そう言う私に、楠さんは首を横に振った。

「すごいのは実緒ちゃんもだよ。説明がうまいし、まるでツアーガイドさんみたいだ」

「昔からこの旅館は有名ですし、うちも親戚《しんせき》が集まるときには利用したりもしますから。あの、じゃあ私はこれで……」

急に恥ずかしくなり、しどろもどろになってしまう。

楠さんが仰々《ぎようぎよう》しく頭を下げた。

「わざわざ送ってもらってありがとう。ここまでの道はわかったから、今度は僕が三ヶ日駅まで送るよ」

「え、それじゃあ送ってきた意味がないですよ」

　芸能人ってもっとクールな印象があったから驚いてしまった。

「ひとりで帰らせるのも申し訳ないし、それにもう少し実緒ちゃんと話をしたいな、っていうのもあるんだ。お礼をしたいから、どこかでお茶でもしようよ」

　前言撤回。当たり前のように軟派な誘いをかけてくる楠さんに少しだけ失望してしまう。もちろん表情には出さないけれど。

「お礼は結構ですから、ひとつ名前を覚えていただけませんか？」

「立花実緒ちゃんだよね」

「私じゃなくって、さっき和菓子屋にいたバイトの子が楠さんのファンなんです。田中《たなか》果菜って名前です」

　果菜、ちゃんと伝えたからね。ミッションクリアにホッとする私に、楠さんは「ん」と首をひねった。

「そんな子、いたっけ？」

　さっき言ったばかりなのにもう忘れてしまったらしい。

「いました。なんならもう一度行ってあげてください。果菜はいつか東京に行って女優になることが夢なんです」

「そう」と、軽くうなずく楠さんがふいに目を伏せた。

「あまりお勧めしない世界だけどね」

さっきまで輝いていた少年っぽい瞳は消え、どこか悲しげな表情に思えた。自分でも気づいたのか楠さんは「それにさ」と続けた。

「本気で女優になりたいなら、すぐに動いたほうがいい。時間はどんどん過ぎていくから」

「あ、はい……。伝えておきます」

そのとき、県道の先から猛スピードで向かってくる自転車が見えた。

必死でペダルを漕《こ》いでいるのは——翔太だ。

楠さんも翔太のほうを見た。翔太は私たちの近くまで来ると、息も絶え絶えに自転車から降り、すぐにスマホをこちらに向けて来た。撮影しようとしているのがわかり、遮《さえぎ》るように楠さんの前に出た。

いくらなんでも失礼すぎる。うしろで楠さんがおかしそうに笑う声が聞こえる。

「翔太くんはほんとカメラマンに向いているよ」

これには本気で驚いてしまった。

「楠さん、翔太のことを知ってるんですか？」

「知ってるもなにも、さっき監督に挨拶しに行ったときにも撮影されたから。ＳＮＳでメイキング動画みたいなのをアップするんだって」

やっと息を整えた翔太が、私と楠さんが入るように立ち位置を調整し出した。

「すみません。まさか楠さんといるとは思わず。撮影させてもらいますね」

「ちょっと――」

注意しようとする私の肩を、楠さんはポンと叩いてスマホの前に出た。

「迷子になってね。実緒ちゃんが案内してくれたんだよ」

そう言うと、彼は道の向こうに広がる浜名湖へ歩いていく。

「ここはすばらしい町だね。僕たちが泊まる旅館、琴水の前には浜名湖があって、反対側には深い山がそびえている。そしてこの青空。最高のロケーションで最高の映画を撮影しています。皆さんにも応援してもらえたらうれしいです」

カメラ目線でほほ笑む姿は、まさしくプロの俳優だった。マイクもないのによく通る声に感心していると、ようやく翔太はスマホを下げた。

「ありがとうございました。いい映像が撮れました」

「映画がヒットしてもらわないと僕たちも困るからね。あれ？　ひょっとしてふたりは知り合いなの？」

翔太が答えないので、

「昔からの知り合いです」

代表して答えた。

「なるほど。実緒ちゃんはエキストラで参加するんだよね？」

「参加はしないつもりです。ほかのお手伝いをさせてもらえたらうれしいです」

「もったいない。せっかくだから僕と共演しようよ」

「いえ、それは……」

あいまいな返事でやり過ごそうとするけれど、

「出ればいいじゃん」

翔太まで加勢してくるから劣勢一方だ。

「あら、実緒ちゃん」

声にふり向くと、旅館の入り口で若女将の結子さんが立っていた。隣にいる楠さんに気づき、丁寧に頭を下げた。

「このたびは三ヶ日町へようこそお越しくださいました。どうぞおあがりください」

「楠リョウです。よろしくお願いします。それじゃあ――」

名残《なごり》惜しそうな顔で見てくる楠さんに一礼し、足早にその場を去る。

しばらく結子さんと話をしていた翔太も、さすがに旅館のなかでの撮影はしないらしく、自転車で追いかけて来た。

私に追いつき自転車を降りた翔太は、動画が撮れて満足そうな顔をしている。

「さっきのなによ。『出ればいいじゃん』なんて軽く言わないでよね」

「え？」

驚いた顔で翔太は自転車を停めた。

「あ、そっか。実緒は出たくなかったんだよな。ごめん」

やけに素直な翔太に調子がくるってしまい、「うん」と答えた。

しばらく黙って歩いていると、浜名湖の青がやけにまぶしくて息苦しさを覚えてきた。

「ごめんな」

また謝る翔太に、

「いいよ。でもエキストラは出ないし、楠さんとの共演とかもナシだからね」

そう言って歩き出す。自転車がカラカラ鳴いている。

「楠さん褒めてたよ。実緒がこのあたりの説明をしっかりしてくれた、って」

「それとこれとは別。でも……なんかこのへんについて教えるのって楽しいかも」

「案外、そういう仕事が向いてるんじゃね？」

そうかな、そうかもしれない、そうだったら。いろんな考えが頭に浮かぶけれど、やっぱり自分の未来予想図は頭に浮かばない。

「撮影できることになってよかったね」

そう言うと、翔太はふにゃっと笑みを浮かべた。

「大日向《おおひなた》監督のおかげ。アップするのはまだ先だけど、今のうちに撮りためておくつもり。今の動画は使えるよ。実緒に感謝だわ」

満足そうな横顔の翔太の向こうに、湖がさっきよりもやさしく陽《ひ》を反射している。

「私の出ているところは使わないでよね」

「決めるのは監督だから、絶対に使わないとは言えない」

「じゃあ消してよ」

「やだね」

軽口をたたきながら駅へ戻ると、翔太は「またな」と言って山のほうへ向かった。自転車を漕ぐうしろ姿がどんどん遠くなっていく。

少しだけ翔太を遠い存在に感じてしまったのはなぜだろう。


ゴールデンウイークが終わると、にわかに町は活気づき出した。

教室でも毎日のように映画の話題ばかり。『ミツキを見た』とか『撮影班が浜名湖にいた』などの目撃情報が相次いで報告されている。

昼休みの教室で、さっきからみんなの注目を浴びているのは果菜だ。

「そのときにね、楠リョウがあたしをじっと見つめたの！」

自慢げに話す果菜に、女子たちが一斉に黄色い悲鳴をあげた。

「マジで⁉　かっこよかった？」「いいにおいした？」「やっぱりイケメンだったの？」

同じ会話をこの数日くり返している。もったいつけるように集まった面々を見渡してから果菜はうなずいた。

「テレビで見るのとは全然違う。五割増し……ううん七割増しって感じ。彼の周りだけさわやかな風が吹いているみたいだった」

ひゃーという声に果菜は「でね」と声に力を入れた。

「あたしの名前を覚えてくれてね、『果菜ちゃん』ってやさしく呼んでくれたの！」

人は記憶をいいように変換する生き物らしい。そんな事実はなかったはずなのに、エピソードは日々進化してもう手がつけられなくなっている。もしくは、果菜のなかでは記憶がそのように変換されているのかもしれない。

それくらい誰かのファンになれるってすごいな、と私はほほ笑みながら果菜の近くで聞いている。

「ねね、実緒も楠さんに会ったんでしょう？」

女子のひとりが尋ねてきたけれど、答える前に果菜が「それがさ」と割って入ってきた。

「実緒は芸能人に興味がないから、楠さんを見てもわからなかったんだよ。あんなにオーラがあるのにきょとんとしちゃって『誰？』なんて聞いてくるんだから信じられない」

大笑いしている向こうで、チャイムの音が聞こえた。

「来週のエキストラの撮影が楽しみで仕方ない。みんなで映画に出演するなんてすごすぎる」

まとめるように果菜が言い、はしゃぎながら席に戻っていく。

自分の席に戻ると、近くの男子たちまで「ミツキがさ」と話しこんでいる。

映画の撮影は、確実に私たちへ影響を与えている。いちばん大きな影響を受けているのは、まぎれもなく翔太だろう。

今日も主を待つ翔太の席を見て、そっとため息。

ゴールデンウイーク明けから、翔太は学校に遅れてきたり早退することが多くなった。今日なんて午前中はついに姿を見せずじまい。

あ、やっと来た。颯爽《さっそう》と教室に入ってくる翔太が「おはよう」と挨拶をし、男子からツッコミを入れられている。

寝不足なのだろう、疲れた顔に笑顔を貼りつけているのが私の席からでもわかった。ブレザーのポケットからハンカチが飛び出しているし、ネクタイも不格好に曲がっている。

隣の席に着くと、翔太は慌《あわ》ててコンビニのおにぎりを食べだした。

「あきれた。また撮影に行ってたの？」

「めっちゃいい動画が撮れるんだよ。みんな協力的でさ、学校なんて来ている場合じゃないって」

むしゃむしゃとほおばりながら、翔太はうれしそうな顔をしている。

「なあ、翔太」

翔太のうしろの席の日比谷《ひびや》くんがメガネの位置を中指で直しながら声をかけた。

「撮影するために学校をサボること、親はなんて言ってるわけ？」

「あ？　別になんにも」

おにぎりを食べ終わると、今度は水筒のお茶を一気飲みしている。

「お前のおやじの店、もう閉店したんだろ？　だったらなんのために観光協会に協力してんの？」

日比谷くんはクラス委員で、昨日《きのう》も先生になにか相談をしていた。きっと翔太の遅刻や早退の理由についてだろう、と漏《も》れてくる言葉から予想していた。

「今は一時閉店してるだけ。再開するときにたくさん観光客が来てくれるように町をＰＲしたいんだよ」

「こんな田舎町をＰＲするなんて恥ずかしくないわけ？」

日比谷くんの両親は、浜松《はままつ》駅前にある会社に勤めているそうだ。

「恥ずかしいと思ったことはないな。全人類に紹介したいレベルでいい場所だと思ってるし」

あまりにニコニコしている翔太に、臆するように日比谷くんが口を閉じた。

が、やはりクラス委員としてのプライドだろう。

「だからと言って、遅刻や早退はおかしいだろ」

さっきよりも厳しい口調で言った。しん、と教室が静まり返る。

「たしかに」「まあ、そうだよね」と女子の何人かがひそひそ話をはじめた。

その声に力を得たように日比谷くんがみんなを見渡す。

「俺たちだって映画の撮影は歓迎してる。でも、翔太がサボるのは間違ってるよな」

果菜を見ると、いつもの強気はどこへやら、じっと机とにらめっこをしたまま動かない。

翔太の瞳が少し翳《かげ》るのがわかった。

どうしよう……。でも、日比谷くんとちゃんと話をしたことはないし……。

「クラスみんなが迷惑すんだからさ、ちょっとは考え――」

「あの……」

気がつけば声にしていた。

話を遮られた日比谷くんが驚いた顔で私を見た。でも、ここでちゃんと伝えないとダメだ。

スカートの上で握り締める両手に力を入れた。

「ちょっといいですか……?」

「あ、うん」

「翔太のやってることはいきすぎていると思いますけど……。でも、今しかできないことをしている人って、なんかいいな、って思います……」

「は？」

「翔太は監督に頼まれてやっているわけですし……」

クラスのみんなの視線を感じ、最後のほうは小声になってしまった。

ドッとみんなが笑う声が続いた。

「ちょっと立花さん、なんで日比谷に敬語なわけ？」「実緒の勝ち」

ゲラゲラと響く笑い声に、翔太を見ると気弱そうに顔を青くしていた。逆に日比谷くんは赤い顔でせわしなくメガネを直してから、私をギロッとにらんだ。

「そんなの学校をサボる理由にはならないだろ」

う……。そう言われてしまってはなんにも言い返せない。

モゴモゴと言葉に詰まる私に、

「ごめんって」

翔太がうしろを振り返った。

「俺が悪いのはわかってる。でもさ、撮影期間だけは大目に見てくれよ。中間テストはダメかもしれないけど、期末テストは自己最高記録を狙うからさ」

明るい口調の翔太に、日比谷くんがなにか言い返そうと口を開き、そして閉じた。

「みんなにも迷惑かけてごめん。でも、絶対に俺の撮影した動画はバズるからさ。来週には映画の公式チャンネルができて、毎日更新するんだって」

「マジかよ！」

ほかの男子が雄《お》たけびをあげた。

「公式チャンネルに翔太の動画がアップされるなんてすげえ」

場の空気がなごやかに変わっていくのを見てホッとした。

「あたしがデビューしたときにはカメラマンで指名してあげるからね」

果菜もようやくいつものテンションに戻ったみたい。

先生が教室に入ってきたことで、一時休戦。いや、翔太の勝利とみなしていいだろう。

ケンカみたいにならなくてよかった。私だったらあんなふうに問い詰められたら泣いていたかもしれない。笑顔で返せる翔太ってすごいな……。

ふと気づくと、翔太が私を見ていた。口の動きだけで『サンキュ』と言っているのがわかった。

なぜ胸が跳ねたのかを考える前に、私は肩をすくめてみせた。

そうすることが自然だと思えたから。

砂利《じゃり》の音に、石垣に腰をおろしている翔太が顔をあげ、私に気づくとイヤそうに顔をゆがめた。

初生衣《うぶぎぬ》神社にいることがバレたことが嫌なのだろう。

「なんだよ。別に落ちこんでるわけじゃねーし」

「別に翔太に会いに来たわけじゃねーし」

同じ口調で返すと、翔太はすねたように唇をとがらせる。

「どうせ日比谷に言われて落ちこんでるって思ったんだろ?」

「まあ、それもある」

翔太の前を通り過ぎ、本殿へ向かう。

「平気だって。俺は俺のやりたいことをしてるだけだし。だって映画の撮影なんてめったにないことじゃん」

「だよね」

この小さな神社でも撮影はおこなわれるそうだ。

「実緒は本当に俺のことを応援してくれてんの?」

翔太の声にふり向く。

「私の周りには自由な人しかいないから、応援しているって言うよりうらやましいって感じ。夢を持っているのってすごいと思うよ」

本殿に向かって二礼二拍手一礼をし参拝する。その間、翔太は居心地が悪そうにスマホを眺めている。

お祈りをしたあと、お辞儀《じぎ》をしてから翔太の隣へ。

「店が再開できるように願ってくれた？」

スマホを眺めたまま翔太が聞いてきた。

「神社はお願いをするところじゃないんだよ。神様に感謝を伝えたり、自分自身をふり返るところなんだから」

「そうだっけ？」

「翔太の場合は、神様に決意表明をするといいよ。『店を必ず再開させてみせます』とか『動画をバズらせます』って」

「なるほど」

やっぱり元気がないな、とわかる。子どもの頃から翔太は気もそぞろになると『なるほど』とか『たしかに』という言葉を多用する癖があるから。

教室で言われたことがその原因なのだろう。もしくは、家でなにかあったのかもしれないけれど、それを私が聞き出すのも違うだろう。

翔太のスマホに映ってるのは、撮影風景のようだ。美しい女性が大日向さんとしゃべっている。きっとこの人がミツキさんだ。久しぶりに顔を見たけれど、たしかに子役時代の面影がある。

「ミツキさんって、俺たちと同い年なんだって」

翔太の説明に、「あ、うん」と返事を返した。私の目の前にずらしてくれたスマホには、ミツキさんがアップで映し出されていた。

監督に怒った顔でなにか言っている。

「ミツキさん、テレビとは全然違ってさ、けっこうおっかないんだよ。一応、公認で撮影してるんだけど、『照明がない画像を使ったら訴えるから』って初対面で言ってきたし」

「あんまり知らないけど、そういうイメージじゃなかったな」

子役時代のミツキさんには純粋無垢《むく》な印象が強い。おばあちゃんが見ているテレビでもたまにCMが流れているけれど、それも同じイメージ。

「かわいそうな女の子の役が多かったじゃん？　久しぶりの主演作だから張り切っているんだろうけど、現場がピリついててさ。でもそれが、映画業界って感じでいいんだよな」

目を細めてほほ笑む翔太は、動画撮影が本当に好きなんだな……。

「翔太にはやりたいことがたくさんあるね。店の再開、三ヶ日町のPR、映画の成功に動画の撮影や編集に配信……。数えたらキリがないくらい」

私にはなにもやりたいことがない。

こんな毎日が続けばいい、と本気で思っているし、自分の未来なんて黒い雲に覆《おお》われている予感しかない。

「俺のやりたいことはひとつだけ。おやじの店を再開させること。残りは夢でもなんでもない」

ひょいと立ちあがった翔太が体ごとふり向いた。

「三ヶ日町のPRだって自分の店のためだし、映画も同じ。動画の撮影だって結局クラウドに送るだけで――」

そこまで言いかけてから翔太は口をへの字に結んだ。

「それに動画の編集なんて今じゃアプリで簡単にできるから、昔に比べてプロも減ってきている。ま、実緒に言ってもわかんねえよな」

「うん。まったくわからない」

「素直なやつ」

白い歯を見せて笑う翔太の向こうで、木々が風で揺れている。

まるで風景も一緒にほほ笑んでいるような錯覚を覚え、視線をさっと膝《ひざ》に下げた。

最近の私はどこかおかしい。翔太に会えることがうれしいような……?

きっと、翔太が学校をサボりがちで会える時間が少なくなっているせいだ。

「今日はかばってくれてありがとう」

翔太がそんなことを言うから、今考えていた理由さえぐらついてしまう。

「かばってないよ。正論を言ったつもりだし。どうしてみんな、周りの評価ばかり気にしちゃうんだろうね」

「日比谷の気持ちもわかるんだけどな。あいつはクラス委員として忠告してくれてるわけだし」

「それでも少しダメージを受けたから、ここに来たんだよね？」

「まあ……そうとも言える」

風を読むように翔太は宙を見あげた。前髪が泳ぐように揺れている。

「俺はダメだな。実緒のことを守りたいのに、守られてばかりで情けない」

「……そんなことないよ」

「そうやって人に合わせる実緒だから心配なんだよ」

そうだよね。私たちは昔からお互いが考えていることが言葉にしなくてもわかっていたから。

「ねえ」と翔太に声をかけた。

「どうして私のことを守る、って言ってくれるの？　幼稚園の頃からの口ぐせだよね」

すると翔太は首をかしげたあと、

「忘れた」

なんて言う。

「でも、そう思ったんだろうな。実際は全然ダメだけど」

そんなことないよ。翔太がいるから毎日が楽しかったし、学校に来る機会が減った今はつまらないし。

そんなこと言えるはずもなく、あいまいにほほ笑んだ。

「実緒にはなにか将来やりたいことってないの？」

「うーん。今はないかな。どうやって夢を見つけるのかわからない」

「夢なんて、そのときで変わるのは当たり前。なにかひとつでも興味を持ってれば、そこから動いていくのかも」

立ちあがり隣に並ぶと、また少し身長の差が大きくなった気がした。

私が興味を持てることってなんだろう……。

「翔太はお店の再開をするためにPRをがんばってるんだよね？」

「そう。それしかない」

「私もこの町の良さを知ってもらいたいから、今でも観光協会に参加しているのかも。だから、そういう仕事ができるといいな。商工会議所とか旅行会社とか……」

するりとこぼれた言葉に自分で戸惑ってしまう。私、なに言ってるんだろう？

そんな夢、今まで考えたことすらなかったのに。

「違う」とすぐに訂正《ていせい》する。

「今思いついただけ。本気にしないでね」

「本気にするのは実緒自身の力で、だろ？」

当たり前のように翔太は言った。

「どうやって？　なんだろう、私ちょっとおかしなこと言ってる」

「おかしくない。せっかく夢の赤ちゃんみたいなのが生まれたわけだし、そこを糸口にして世界を広げていけばいいいんじゃね？」

翔太がそう言うならそんな気がした。うなずくと、さっきまであったお腹《なか》のなかのモヤモヤは消えている。いや、薄まっているくらいかも。

翔太をなぐさめに来たつもりなのに、逆に励まされた気分だ。

「エキストラの出演はＯＫってことで、よろしく」

が、次の言葉で頭のなかが真っ白になってしまった。

「待ってよ。エキストラはやらないって言ったよね？」

「今、自分で言ったろ。この町の良さを知ってもらうためには参加しなきゃ」

「ちょっと強引すぎない？　私、絶対に出ないから」

どんなに町のＰＲになろうとも、自分が出演するのだけはイヤだ。

「リョウさんが監督に実緒を出すように交渉してた」

「……え？　なんでそうなるのよ」

「リョウさんは、実緒をエキストラよりも台詞《せりふ》のある役で使いたいみたい」

これには本気で驚いてしまう。ただでさえ、エキストラだって乗り気じゃないのに……。

「信じられない。なんで楠さんが……」

「知らない人についていくからこんなことになるんだ」

さっきまであったやさしい気持ちは一瞬で消えてしまった。

「ついていったんじゃないし。果菜にお願いされたから、声をかけただけ」

「こういうの自業自得って言うんだぜ？」

「なによ！」

ああ、心配して来るんじゃなかった。いや、もし来なかったら台詞のある役で出演することになっていたわけだし……。

「お願い、なんとかしてよ。台詞のある役なんて絶対にやりたくない」

「エキストラとしては出演するんだよな？」

「それは……まあ、うん」

渋々うなずくと、翔太は「よし」と歩き出す。

「俺がなんとかしてやるよ。てか、おばさんのスナックに行くんだろ？」

「あ、忘れてた」

スマホで時間を見ると十八時半を過ぎていた。きっと今ごろお母さんがイライラして待っているだろう。

「先に行くね」

していた。

神社を抜けて自転車置き場へ向かうと、さっきよりも濃いオレンジ色の空が私を見おろ
っていた。

開店時間ギリギリで店のドアを開けると、すでにひとり目のお客さんがカウンターに座
黒いスーツ姿で背の高いスツールに座っているのは――。

「お父さん？」

「やっと来たかぁ。料理の到着をずっと待ってたんだよ」

お腹が空いているのだろう、私の持つ風呂敷をじっと見つめている。

「お母さんは？」

見ると、カウンターのなかにお母さんの姿がない。

「お父さんの会社の上司が急に亡くなってな。お母さんもお世話になってたから交代で通夜《つや》に参列することにしたんだ。今はお母さんが行ってる」

どうりで珍しくスーツを着ているわけだ。

「今日の料理は遠州《えんしゅう》焼きなんだろ？　おばあちゃんに聞いて楽しみにしてたんだよ」

「突き出しだからひとりぶんって言っても小さいよ」

カウンターのなかに入り、手を念入りに洗う。消毒スプレーをかけてから使い捨ての手

袋をつけた。

棚《たな》のなかから小皿を出してトレーの上に並べ、そこには食品用のアルコールをまんべんなくかける。

「慣れた手つきだな。『実緒ママ』って呼ばせてもらおう」

「やめてよ。たまに手伝ってるだけなんだから」

まな板と包丁にも食品用のアルコールをかけ、タッパーから遠州焼きを取り出し、一口大の正方形に切り盛りつけていく。普段はなにも言わないお母さんだけれど、食品の取り扱いに関してだけはかなり細かい。

「ママ、ビールください」

冗談っぽい口調のお父さんを、にらみつけてやる。

「酔っぱらってお通夜に行くつもり？　私が店番しておいてあげるから、先に行って来たら？」

「実緒ママは冷たいな」

「遠州焼きの切れ端を集めておくから。今、話をしてると食べ物にツバが入っちゃうでしょ。ほら、行って」

まだ文句を言うお父さんをなんとか追い出すことに成功した。

こんなふうにほかの人にも言いたいことが言えるようになればいいのにな……。

突き出しの準備が終わり、ラップをしてトレーごと冷蔵庫にしまう。カラオケの音源を入れて、照明を少し落とした。水で濡らしたおしぼりを巻いてから、おしぼりの機械にセットする。

これで準備はOKだろう。

「私、こういうのも向いているのかもしれない」

翔太が持っているような夢を、私も見つけられるのかな。

エキストラの件は仕方ないにしても、少しでも三ヶ日町が元気になるようなサポートはしていきたい。これが夢かと尋ねられると、ちょっと違う気はするけれど。

お店を開くのはリスクが高いことだと知っている。閉店するお店も増えているし、人口はずっと右肩下がり。けれど、新しく開店するお店も多いって果菜パパが言ってた気もするし……。

じゃあ、市役所の職員を目指すのはどうだろう？　観光課とかに所属すればもっと広い視点でなにかできるかもしれない。

違うな……。好きな部署に配属されなければそこで終わりだし、何年かに一度は異動だってあるだろうし。

自分の将来についてちゃんと考えたのは初めてのことかもしれない。『夢がない』って決めつけるんじゃなく、翔太の言うように少しずつ未来について世界を広げていこう。

ドアが開く音に気づき、顔を向けると見知らぬ男性が立っていた。男性は高校の制服姿の私を見て目を丸くしている。

「え、なんで？」

「あ……すみません。今は留守番なんです。ママはすぐに戻ってきますので、よかったらお待ちいただけますか？」

目の前のカウンターを手のひらで示すと、

「へぇ」

おもしろがっているのだろう、ニヤニヤと笑みを浮かべたまま入店してきた。

お父さんを追い出したことを後悔しながら、平然とした顔でおしぼりを男性に差し出す。

「店の人じゃないのでなにも出せませんが、ソフトドリンクくらいなら許されると思います」

「俺、アルコール飲めないんだよ。ウーロン茶で」

おしぼりを受け取ると、男性は顔をゴシゴシと拭いている。

グラスに氷を入れ、ミニ缶のウーロン茶を注いでコースターと一緒にカウンターに置く。

「缶のウーロン茶だと経費が高いんじゃないの？」

「サンプル品だと母から聞いています」

突き出しの小鉢《こばち》を出すと、男性は「ほう」と口のなかでつぶやいた。

「お好み焼き？」

「遠州焼きと言います。元々は食べ物が不足していた戦後にあった『一銭焼き』がルーツだと言われているそうです。生地のなかにたくあんが入っていて、歯ごたえがいいですよ」

「これが遠州焼きか。実は食ったことないんだよな」

「最近は食卓にあがることが少ないそうですね。うちも祖母が作るくらいなんです」

割《わ》り箸《ばし》を出していなかったことに気づき手渡した。

受け取った男性が「なるほど」とうなずく。

「実緒ちゃんはスナックのママの娘さんだったんだ」

「え⁉」

突然名前を言われ、悲鳴のような声をあげてしまった。

「どうして私の……」

そこまで言って気づいた。この人をどこかで見たことがある。直接ではなくて画面越しで……。

映画についての会議で、東京からオンラインで参加していた監督に似ている。

「あ、大日向さんですか？」

「大日向慧《けい》。直接会うのは初めてだね」

ジッと瞳を見つめてくるので、思わず目を逸《そ》らしてしまう。

「名前を覚えてくれていたのですね」

「あの会議ってさ、じいさんばあさんしかいなかったろ？　若い男女がいて、ひとりが翔太。もうひとりくらいは覚えられるよ」

じいさんばあさん……。みんなそれほど年輩じゃないのに失礼じゃない？

だけどほかの人の前では、言いたいことはやっぱり口にできない。

「撮影班のなかじゃ、実緒ちゃんは有名人だからね。迷子のリョウを送り届けたことも聞いてるよ」

正直な感想を言うと、ちょっと苦手な人かもしれない。

初対面で『ちゃん』づけなのは楠さんも同じなのに、大日向さんに呼ばれるとどこかバカにされているような気分になってしまう。

「翔太に聞いたけど、せっかく役をあげようとしたのに断ったんだって？」

「すみません」

さっき翔太にお願いしたところなのに、どうして知っているのだろう？

まさか、翔太が私の行き先を告げたとか……。ううん、長年のつき合いだから翔太がそんなことをしないことはわかっている。

「ここに向かってるときに電話があってね。代わりに実緒ちゃんの同級生を推薦《すいせん》されたよ」

よかった、と胸をなでおろして入り口に目をやる。お母さん、早く帰ってこないかな……。

「果菜って言います。女優が夢なので、ぜひお願いします」

「そういう子は星の数ほどいるから。まあ、一度会ってはみるけどね」

ウーロン茶を口に運ぶ大日向さんを改めて観察する。それほど背は高くないけれど、太い眉《まゆ》と薄い唇に意志を感じてしまう。二十九歳と聞いているけれど、日焼けしている顔には眉間《みけん》に深いシワが刻まれていて、もう少し上にも見える。

沈黙が怖い。なにか話題を見つけないと……。

「大日向さんは――監督は、この町の出身なんですよね？」

「大日向さんでいいよ。監督って呼ばれるにはまだ身分不相応だし」

自嘲《じちょう》するように笑みを浮かべたあと、大日向さんは意味もなくグラスを軽く左右に振って氷を鳴らした。

「映画監督になりたくて東京の専門学校に行ったんだ。それからは東京暮らし。久しぶりの帰郷なんだけど、あまりにも変わっていなくて、少々拍子抜けしてる」

「三ケ日町を舞台にするのは、のどかな風景を舞台にしたいからじゃないんですか？」

そう尋ねる私に、大日向さんは一瞬の間を置いてから軽くうなずいた。

「『蛍《ほたる》みたいな、この恋』は、戦時中の話だからね。今も、山奥で撮影してるし、どうしても遠くに映ってしまう観覧車やロープウエイなんかはあとでＣＧ処理をして消さなくちゃいけない。実緒ちゃんの言う通り、映画的には古くさいほうがいいのはたしかだな」

さっきから言葉にトゲを感じてしまうのは、私の先入観のせいかな……。

「あの、ひとつ伺《うかが》いたいのですが……」

余計なことは言わずにニコニコしていればいい。そう思っているのに勝手に、

「大日向さんはひょっとして、この町が嫌いで出て行ったのですか？」

「そうだよ」

あっさり認めたあと、大日向さんはニヤッと笑いかけてくる。

「実緒ちゃんは鋭いね。俺はずっとこの町から逃れたかった。なんにもない町にいたって未来は見えなかったから。ま、今がうまくいってるかと聞かれると、答えはＮＯだけど」

アルコールでも飲むように一気にウーロン茶を飲み干す大日向さんを見て、なぜかお母さんのことを思った。

自分の考えに合わない人にも同調しなければいけないなんて、大変な仕事なんだな……。

この店がうまくいっているのは、お母さんがなんでもないような感じでお客さんの思考に合わせ、また来たいと思わせているからだろう。

──でも、私はこの店のママじゃないから。

「私は……」

やっぱり言うのはよそう、と口を閉じる私に、大日向さんは目を細めた。

「いいよ。意見は大歓迎だ」

「あの……私、そうは思いません」

はっきりと言う私に、大日向さんは大きなため息をついた。

「どの点について？」

挑むような目に思わず視線を下げてしまう。けれど、反論したい気持ちが不思議と口を開かせる。

「大日向さんがおっしゃったふたつのことについてです。まず、このあたりが変わらないってことについて」

「ほう。で、その理由は？」

「最近では観光協会のみんながチームになってがんばっています。年間八十万人の観光客数を少しでも増やそうと努力しているんです。閉店する店は多いけれど、観光協会に所属する店はむしろ増えているんです」

この町のことについての話ならこんなにスムーズに話せるし、話したい気持ちがあふれ出す。そのことに初めて気づいた。

ふん、とグラスをカウンターに置く大日向さんがバカにするような表情に変わる。

「三ケ日みかんという特産品に頼ってるんだろ？　昔は最北端のおいしいみかんの生産地として有名だったが、今じゃもっとおいしいみかんがほかの地でも作られている。それで観光客を増やすなんて夢のまた夢」

「三ヶ日みかんは世界一おいしいみかんです。夢なんかじゃありません」

どんどん自分の意見を口にできている。

「事実を言ったまでだけど?」

この人は楽しんでいる。それがわかった瞬間、体の芯が一気に熱くなるのを感じた。

「今の技術はすごいんです。三ヶ日みかんを加工して、新たな商品を作り続けています。頼っているんじゃなく活用しているんです」

「三ヶ日みかん以外の特徴は?」

あくまで大日向さんは余裕の笑みを崩さない。

「自然を壊さないように配慮しながら、この地の良さを発信しています。みっかび牛はほかのお肉に負けないくらい評価が高いし、三ヶ日牛バーガーフェスのイベントは毎年大盛況です。浜名湖パラグライダースクールでは空から三ヶ日町を一望できて——」

「わかったわかった」

途中でうるさそうに遮られてしまった。大日向さんは両肘《ひじ》をカウンターに置き、組んだ両手の上にあごを載せて顔を近づけてくる。

「このあたりが変わらない、というのは間違いだと認めるよ」

「……それならいいですけど」

「じゃあ、ふたつめの『そう思わない』点について教えて」

　不満そうな顔を見て思った。

「大日向さんはこの町が嫌いで出て行った、というのはウソです。好きだからこそ、この町が舞台の映画を撮ることにしたんですよね？」

「残念ながらそれは不正解だ」

　また自信ありげな表情に戻ってしまった。

「どこが不正解なんですか？」

「よほどの名監督じゃないと仕事は選べない。俺の代表作って知ってる？　ちょっと話題になった程度の映画がひとつしかない」

　その映画すら知らなかったことを今ここで言うのはやめておいたほうがいいだろう。

　下唇をなめたあと、大日向さんがまた自嘲するように笑った。

「あとがないんだよ。嫌いな故郷でも、利用できるならなんでもする。もしも仕事が選べるくらいの監督になっていたなら、こんな低予算の映画は受けてない」

　きっとこれが本心なのだろう。

「じゃあ、認めます。ふたつめについては私の間違いでした」

　大日向さんはなぜかホッとしたように笑ってから、スマホを操作したあと、私に渡してきた。

「撮影したシーンをスマホに転送してチェックしてるんだ。よかったら正直な感想を聞かせてくれる?」

スマホの画面に目を落とすと、三ヶ日町の山奥らしき風景が映っていた。うっそうと茂る獣道《けものみち》、揺れる木々の向こうに青い空が広がっている。リョウさんのアップになり、なにか台詞を口にしている。

場面が変わり、浜名湖が画面いっぱいに映し出された。水面がキラキラと輝き、同じ色の空へ続いている。

「すごい……」

思わず口にしてしまうほど、あまりにも美しい景色だった。大日向さんに視線を戻すのが惜しいほど、画面から目が離せない。

「皮肉なことに、どんなに嫌いでもこの町の魅力がどこにあるかを俺は知っているからね」

大日向さんの声にうなずく。画面には夕暮れの浜名湖が映り、気の早い満月が薄く空に光っていた。

少し見ただけでも、大日向さんの才能を感じずにはいられない。

「夢だった映画監督になれた。ホラー映画でデビューしたせいで、オファーはそういうジャンルのものばかりでさ……。でも、俺は感動できるような美しい映画が撮りたい。監督としての真価を世間に見せつけてやる」

監督も本気でこの映画に取り組んでいるんだ……。どんな言葉で説明されるより、映像を見ただけで伝わってくる。

スマホを返すと、大日向さんは「いや」と小さく笑った。

「久しぶりに熱く語ってしまった。気に障《さわ》ることをズケズケ言ってごめん」

「……そんなこと、ないです」

一万円札をカウンターに置くと、大日向さんは椅子からするりと降り立った。

「楽しかったよ。釣りは取っておいて」

そのまま出入り口へ向かっていく。

「待ってください。こんなに受け取れません」

「いいよ。実緒ちゃんと話せてよかったから。でも、わかってほしい。俺はこの映画を成功させるためならなんでもやるつもりだから」

一度緩《ゆる》んだ空気が再び固くなるのを感じた。なにも言えないまま、出ていく大日向さんを見送った。

飲み干されたグラスが汗をかき、カウンターに丸いシミを作っていた。


「カット！」

アシスタントの声が、浜名湖の海岸に響き渡った。

海岸で潮干狩《しおひが》りをしていたエキストラの人たちがわらわらと車道にあがってくるのを、琴水の最上階からガラス越しに見おろしている。

下の階の屋根瓦の向こうに、あまりにも広い浜名湖が広がっていて、空との境界線をあいまいにぼやかしている。青色がまぶしい今日は撮影日和《びより》。

美しい景色だけど、先日大日向さんに見せてもらった映像のほうがより心に残っている気がする。

隣を見れば、果菜が床に足を投げ出して座っている。

「なんであたしたちだけ撮影に参加できないのよ」

苦い顔で文句を言う果菜。

今日は主人公のひとりである楠さんが潮干狩りに興じているシーンの撮影と聞いていた。エキストラとして集合場所である琴水に来たところ、私を見つけた大日向さんから果菜とともにここで待機するよう言われたのだ。

撮影クルーの前に集合するエキストラを恨めしそうに見る果菜が、私に視線を向けた。

「あたしたち監督に嫌われるようなことしたっけ?」

「さ、さあ……」

思い当たる節はある。あのスナックで言い合ったことが原因とすれば、私のせいで果菜の夢を壊したことになってしまう。

ああ、あのときに反論してしまった自分が情けない。最後は和解できたと思ったけれど、生意気だと思われたのかもしれない。

「それにこの格好、なによ。どう見ても衣装が足りなかったってことじゃない」

私たちが着ているのは上が紺《こん》色の長袖《そで》セーラー服なのに、下は布でできた大きめの長ズボン。アンバランスもいいとこだ。

「たしかにおかしいけど、これってモンペってやつなのかな？」

「あ、大変！　みんな帰っちゃうよ」

見ると、エキストラの人たちはちりぢりに帰途についている。なかには楠さんと写真を撮ろうとしている人もいるけれど、スタッフに阻止されているようだ。

たくさんの人のなかに、スマホを構えている翔太がいる。Tシャツにジーパン姿の翔太は、すっかり撮影班に溶けこんでいる。

エキストラの人を捕まえてはインタビューをし、終わるとダッシュで次の人に声をかけている。こんなに離れているのに生き生きとした様子が伝わり、翔太ばかりを目で追ってしまう。

「ああ、もう。なんでこんなに晴れているのよ」

果菜は天気にさえ文句を言い出す始末。

「どういうことか、下に聞きに行ってこようか?」

　さすがにスナックでの一件が原因で干されているのだとすれば申し訳なさすぎる。大日向さんに謝罪をすれば、状況は変わるかもしれない。

　けれど果菜は「やめてよ」と私のズボンを引っ張った。

「一流女優は監督に全信頼を置くものなの。やっかいな女優だと思われたら、二度と映画に使ってもらえないじゃない。こういうときはどんと構えておいたほうがいいって、誰かの自叙伝に書いてあった気がする」

「あ、うん……」

　いろいろとツッコミを入れたいけれど、いつものようにほほ笑みで返した。

「ほんと嫌になる。監督って才能ないんじゃないの?　あたしをこんなところに押しこんで無視するなんて、ちっとも映画をわかってないのよ」

　でも、大日向さんはこの映画に本気なんだよ。そう言おうとした自分をすんでで止めた。そんなことを言ったら果菜は余計怒ってしまうだろう。

「ああ、もうムカつく」

　撤収する撮影チームを恨めしそうに眺めながら、果菜の文句は続く。

　階段のきしむ音が聞こえ、若女将の結子さんが顔を出した。

「撮影終わったよ。思ったより外は暑かったわ」

地味だけど高級感のある着物姿の結子さん。彼女もまた、エキストラとして撮影に参加していたのだろう。

「ねえ結子さん。なんであたしたちだけのけ者なの？　マジでやってられないんだけど」

今度は結子さんに当たるつもりらしい。

結子さんは「あら」と目を丸くした。

「聞いてないの？　ふたりは別のシーンで参加するみたいよ」

「え、そうなの？」

「監督の希望で、ミツキさんとリョウさんの出会いのシーンに登場するんですって。エキストラはふたりだけしかいないから、結構大きく映るんじゃないかな」

途端にパアッと果菜の表情が明るくなる。

「そうだったんだね！　やっぱり監督って才能あるのよ。あたし、信じてたもん」

さっきまでの悪態を忘れて絶賛する果菜にあきれながら、これはまずいことになったぞ、と心のなかで思う。

ひょっとして台詞のある役じゃないよね……。あれだけ翔太に念を押したし、大日向さんだって出演したくないことをわかってくれているはず。

「じゃあさ」と果菜が自分の着ている服を指さした。

「この衣装変えてよ。どう見ておかしいでしょ」

「それでいいのよ。戦時中の学生はいつでも逃げられるように、下はモンペをはいていたんですって」

結子さんの説明に果菜は不満げな顔をしたけれど、

「ま、いいか」

と上機嫌で鼻歌をうたいだした。

「あと少しで移動するみたいだから、下におりてきてね」

階段をおりて行く結子さんについて行こうとする私のモンペを、またしても果菜がつかんだ。

「まだ早いよ。のんびり行けばいいんだから」

「いくらなんでもエキストラが遅れて行っちゃまずいでしょ」

「女優はそれくらいがちょうどいいのよ」

すっかり一流女優モードになっている果菜をあきらめ、先に下におりるとちょうど翔太が入り口から入ってきた。

「お、サマになってるな」

スマホを私に向けてきたので、レンズを指で押さえた。

「ちゃんと言ってくれたんだよね？」

「おい、やめろよ。って、なんのこと？」

「台詞のある役はやらないってこと。なんとかしてやる、って言ってたよね?」

「ああ」と思い出したように翔太はうなずいた。

「台詞はないってさ。でも、動きはけっこうあるみたい」

「……え?」

するりとスマホを移動させた翔太が言う。

「だって台詞がなければいいんだろ?　実緒がでっかい画面に映るの、今から楽しみだよ」

本当にうれしそうに笑う翔太に、大きなため息がこぼれた。


私たちの撮影場所は初生衣神社だった。

ボランティアスタッフの車で運ばれ、ドアを開けるとたくさんの見学者が神社をぐるりと取り囲んでいた。まるでいつもの光景と違う。

「なんでこんなに人がいるの?」

「そりゃ、あたしたちのデビュー作を一目見たいからだよ」

堂々と車から降り立つ果菜に、わっと人が押し寄せた。

が、すぐに口々に不満の声があがり散っていく。

「ミツキかと思ったのになんだよ」「リョウはどこ?」「あの子誰?」

意にも介さない様子で堂々と果菜が歩いていくので、慌ててあとを追いかけた。

立ち入り禁止のロープを開けてもらい境内《けいだい》に足を踏み入れると、撮影クルーが慌ただしく準備をしている。同時に複数のカメラで撮影するらしく、本殿に三台のカメラがセッティングされていた。

撮影クルーの大半はそばに設置されているテントに集まっていた。モニターと機械からたくさんの線が砂利道を這《は》っている。

スナックで会ったときとは違い、スタッフに指示を出す大日向さんは真剣な表情で近寄りがたい雰囲気《ふんいき》に包まれていた。Tシャツからズボン、靴《くつ》までもが黒色で統一されている。

「監督～～！」

果菜にとってはどうでもいいことらしく、うれしそうに駆け寄っていく。

「おはようございます。今日はよろしくお願いいたします！」

「……ん？」

いぶかしげに眉をひそめた大日向さんに、果菜はにっこりと笑った。

「今回ご紹介いただきました田中果菜です」

「ああ、実緒ちゃんの？」

そう言った大日向さんの視線が私を捉《とら》え、果菜を押しのけるように私のほうへ大股《おおまた》で歩いてきた。

「いいね。衣装がとても似合っている」

「どうも。あの、私……あまり目立ちたくないんですけど」

「君なら目立たないから大丈夫だよ」

それってどういう意味で？　ムッとする私に大日向さんはおかしそうに笑った。

「怒らないでくれよ。こないだのお返しってことで。おい、幸谷《こうたに》！」

「はい！」

呼ばれた若い男性がすごい速さで駆けて来た。二十代半ばくらいで、髪の毛が寝ぐせでひどい形になっている。

「エキストラのふたり。実緒ちゃんと、その他もうひとりな。説明してやって」

「はい！」

直立不動で応《こた》える幸谷さんの白いTシャツは汗まみれで、腰のポーチにはガムテープやらマジックがぎゅうぎゅうに押しこまれている。

「今の態度、なんなのよ……」

ブツブツ文句を言う果菜に、幸谷さんは深々と頭を下げた。

「初めまして。演出部の幸谷と申します。助監督をやらせていただいております。このたびはご出演ありがとうございます」

「あら、助監督？　ええ、よろしくね」

果菜の瞳に再び光が宿った。

「すごいスタッフ人数ですね」

あたりを見回しながら言うと、幸谷さんは右手を顔の前で横に振った。

「今回のチームはまだ少ないほうなんです。テントにいるのが監督と演出部、それに撮影部です。見学者の整理が制作部の担当で、ほかにも録音部やスタイリスト、おっかないプロデューサー部などがあります」

なんだか部活動みたい。人数を数えると、見えているだけで二十名以上のスタッフがいるようだ。

「これから花役《はな》であるミツキさんと、六男役《ろくお》の楠リョウさんのシーンの撮影をおこないます。おふたりは神社で待ち合わせしている女子学生Aと女子学生Bを演じていただきます」

「待ってよ。役名はないってこと？」

果菜が幸谷さんに詰め寄った。

「そうなりますね」

申し訳なさそうな幸谷さんに、果菜は思いっきり唇を曲げた。

「じゃあ、あたしはAなの、Bなの？　そこんとこはっきりしてもらわないと役作りが――」

「果菜、私たちはただのエキストラだから……」

果菜の腕を引っ張るが、鼻息荒く怒っている。

こういうエキストラに慣れているのだろう、

「さすがですね」

と、幸谷さんはわけのわからないあいづちを打ったあと、赤ペンを手に取った。

「それではあなたは女子学生の『英子《えいこ》』という名前にしましょう。英語の英に、子どもの子と書きます」

「英子……いい名前だわ」

「そして、あなたは」と私を見た幸谷さん。

「美しい子と書いて『びこ』にしましょう」

やっつけもいいところだけれど、素直にうなずいておく。

「ふたりはこの神社で待ち合わせをしています。英子さんが先に到着していて、そこにB子さんが駆け寄ってくる、という流れです」

結局幸谷さんは私のことをB子と呼んでいる。

真剣な顔で聞いていた英子こと果菜が、ポンとひとつ手を打った。

「きっと英子は最近男子に告白されたのよ。それが美子《びこ》が片想いをしている相手だった。友情と恋の間で揺れる複雑な心境で待っているのよ」

「すばらしいバックグラウンドですね」

「だってわかるもの。そうじゃなくちゃ、こんな古い神社で待ち合わせなんてしないし」

神様が聞いたら怒りそうなことをサラッと口にする果菜。だけど、エキストラの設定をしっかり考える姿に、大日向さんと同じで果菜も本気なんだ、と思えた。

いつも翔太と話している場所が、まるで違う景色のように思えてしまう。

そういえば翔太はどこにいるのだろう？　たくさんの人がいて見つけることができない。

無意識に翔太を探してしまう自分に気づき、意識して幸谷さんへと視線を戻す。

私……なにやってるんだろう。

「B子さんは約束に遅れ、走ってやってきます。ふたりにはなにか適当に話をしていただき、仲良くその場を去ります。ここまでを三十秒の間で演じていただきます」

幸谷さんの説明にうなずく私と違い、果菜は「待って」と難しい顔になる。

「適当じゃ困るんだけど」

「え？」

「だって」と果菜は大げさにため息をついた。

「台詞がないときちんと役割を全うできないでしょ」

「私たちの声は入らないんだって。エキストラなんだから適当にやればいいと思うんだけど」

さすがに口を挟む私に、

「嘆《なげ》かわしい」

と、これまで聞いたことのない言葉を果菜がため息とともに言った。

「いくらエキストラとはいえ、この物語に登場するんだから、ちゃんと役作りをしたいの。幸谷さん」

「はい」

「あたしにはふたりがどんな会話をしているかわかりました。実緒が『お待たせ』と駆けてきます。英子は美子に悲しいことを告げなくてはならない。感情を抑え、悲しくほほ笑む。『いいの。私も今来たところだから』。美子は英子の顔を見て、『なにかあったの？』と尋ねる。英子はあいまいにうなずく。『ちょっと話したいことがあってね。それより、あたしたちは友だちだよね？　なにがあっても友だちでいてくれる？』と尋ねる。実緒はうなずく。あたしは『じゃあ歩きながら話そうか』と歩き出す。これでどう？」

果菜の台詞がほとんどを占めているが、そのほうが私にとってはやりやすい。幸谷さんはもうほかの業務に行きたいらしくソワソワしながら右手でオッケーマークを作った。

「すばらしいですね。それじゃあ、もうすぐカメラリハーサルがありますので、果菜さんはここで立っていてください。実緒さんはこちらでスタンバイしていただきます」

幸谷さんは私を小さな小屋へと誘導した。『織姫《おりひめ》の館』と呼ばれる木でできた建物で、普段は絵馬やお守りの販売や、復元された織機《しょつき》が展示されている六畳ほどの場所だ。

入り口付近は青いシートで覆われていて、周りからは見えないように工夫されていた。

ここが出演者の控え室として使われているのだろう。

「あ……」

ドアの外で両手を広げて立っているのは、楠さんだった。ピンマイクをスタッフにセットしてもらっているところらしい。濃い緑色の着物を着て、髪も前回会ったときよりかなり短くなっていた。

「ああ、実緒ちゃん。今日はよろしくね。本当なら僕と会話する役をしてもらいたかったんだけど、翔太のやつが譲らなかったんだよ」

「え……翔太が？」

「監督ともけっこう言い合いになって、スタッフが止めるほどだったんだよ」

ほがらかに笑う楠さん。

翔太、交渉してくれたんだ……。胸のあたりがムズムズして少し熱くなる。

「よろしくお願いいたします。あの……果菜のことは……」

「あそこにいる子だよね。たしかに女優を目指しているだけあって、役作りに意気ごむ声がここまで聞こえていたよ。監督にあとで改めて紹介するからね」

「よろしくお願いします」

衣装を着ている楠さんは、前にあったやわらかい雰囲気のなかにわずかな緊張をにじませている。そばにいるスタッフに台本を見せてもらいながら、ブツブツつぶやいている。

私はまた、翔太の姿を探す。ちゃんと約束を守ってくれたことのお礼を言いたいけれど、人が多すぎて見つけられない。

そのとき、通りのほうでワッと歓声があがった。

「主役のお出ましのようだ」

楠さんの声に青いシートの隙間《すきま》から通りを見ると、黒いワンボックスカーから浴衣《ゆかた》姿のミツキさんが現れた。

「女優陣の支度部屋は公民館なんだよ。僕も今日、読み合わせのとき以来に会うから緊張しちゃう」

楠さんの声が素通りしていく。

たくさんのスタッフに囲まれて境内に足を踏み入れるミツキさんは、照明も当たっていないのにそこだけ光に包まれているようだった。

周りに愛想よく笑みを振りまく姿に目が釘づけになる。テレビで見るよりもずっと細く、可憐《かれん》ではかなげな雰囲気がミツキさんを包んでいる。彼女の名前を呼ぶ声がいろんな方向からしている。

まっすぐ近づいてくると、ミツキさんは私にも笑みを送ってくれた。

ひょいと私の前に立った楠さんが、

「やあ、ミツキ」

と軽い挨拶をした。

「おはようございます。あ、ここまでで結構です。カメリハになったら呼んでください」

スタッフにそう言ったあと、ミツキさんは青いシートのなかに入ると、織姫の館の引き戸を開けてなかに入っていった。マネージャーらしい女性ふたりも遅れてついて行く。

「せっかくだから、実緒ちゃんもどうぞ」

「……いいです。私はここにいますから」

さすがに主役ふたりの邪魔はできない。なんとか断ろうとしていると、ミツキさんが部屋のなかで体ごとふり向いた。

「実緒ちゃん？　へえ、リョウの知り合いなんだ？」

さっきまでの上品さは消え、あどけない声でミツキさんは言った。このシーンは七夕《たなばた》まつりの日らしく、戦時中が舞台の映画のなかでも唯一、あでやかな衣装だと翔太は言っていた。

「迷子になったときに助けてもらったんだよ」

背中を押され、強引に部屋のなかへ入れられてしまう。

ヤバいな、と思った。テレビをあまり見ない私でも知っているくらい、子役時代からミツキさんは一線で活躍している。

派手ではないが上品な浴衣姿。髪をアップで結わえ、おくれ毛が色っぽさを演出している。あの小さかった子がこんなにきれいになって……と、お母さんのような気分になってしまうのはなぜ？

が、ミツキさんはなぜか冷めた目で私を見てくる。

「ああ、監督が言ってた女優志望の子？　急に役を与えたいって言われてびっくりしたけど、へえ……この子なんだ」

その言い方にはどこかマイナスな感情が含まれていた。

「ち、違い……」

慌てて否定しようとするけれど、うまく言葉が出てこない。

「どうでもいいけど、大事な作品の邪魔だけはしないでね」

「違うんだってミツキちゃん。実緒ちゃんは結局、断ったんだよ」

丁寧に事情を説明してくれる楠さんに、

「あ、そう」

どうでもいいように言葉を吐き出したあと、ミツキさんは細い腕を組んだ。

「リョウのその〝誰とでも仲良くなるクセ〟、やめたほうがいいよ。リョウだって初めての主役なんだからちゃんと私に恋をしてくれないと困るんだけど」

助け船を出してくれた楠さんにも容赦《ようしゃ》ないミツキさん。

「……わかってるよ」

ぶすっとした楠さんに、ミツキさんはプイと横を向いた。スタッフのひとりがピンマイクを手にやってきたので、私たちは部屋を出た。

「ごめんね。ミツキのやつ、久しぶりの主役だから気合いが入ってるみたいでさ。普段はもっといい子なんだけどね」

「いえ、大丈夫です」

スタッフに呼ばれ、楠さんとミツキさんが青いシートの外に出た。これまでより一際大きな黄色い悲鳴がいたるところであがった。

「これからリハーサルをおこないますのでお静かにお願いいたします！　どうぞ、お静かに！」

幸谷さんが観客に何度も叫んだ。

徐々に静まる声のなか、急に自分の鼓動《こどう》が大きくなるのを感じた。

私……本当に映画に出るんだ。

大日向さんはカメラマンが撮影した動画をチェックしているらしい。まるで我が子を見るように愛《いと》おしい表情で画面を見たあと、一転して厳しい口調でなにか指示を出している。

「エキストラさん」

枯れぎみの声で幸谷さんが呼びに来た。

「これから配置についていただきます。こちらへどうぞ」

境内のはしっこを歩き、木陰《こかげ》にスタンバイする。本殿の前に立つ果菜は、もう女優モードに入っているらしくせつなそうに斜め下をじっと見つめている。

「カットの声がかかるまでは必ず演じ切ってください。それではカメリハいきます！　各部ご準備ください。よーい、スタート！」

大声が響き渡る境内。向こうから楽しげに楠さんとミツキさんが歩いてくる。

不思議だった。さっきまでの雰囲気と違い、鳥居をくぐるふたりはまだ手もつないだことのない初々《ういうい》しいカップルのよう。

どうしよう……。今さらながら、とんでもない状況にいることに気づいてしまった。こんなにたくさんの人がいるなかで、演技なんてできるの……？

「それじゃあ、エキストラ動いてください！」

その声にハッとして走り出す。

どんどん近づく私に気づいた果菜に、

「お、お待たせ」

と、自分でもびっくりするほど棒読みでなんとか言った。

「いいの。私も今来たところだから」

悲しげにほほ笑む果菜は涙まで浮かべているからびっくりしてしまう。

……次はなんて言うんだっけ？

考えているうちに、幸谷さんが「いったんストップです！」と叫んだ。

ヤバい、と身体を硬くするけれど、幸谷さんはカメラマンを集めてなにか話をしている。どうやらカメラの映りについて確認しているようだ。

「ちょっと美子、緊張しすぎだから」

役名で呼んでくる果菜に「ごめん」と謝りながら胸に手を当てる。今にも破裂しそうなほど、心臓がバクバク音を立てている。

見渡すとたくさんの人が私たちを見ている。ううん、見ているのは主役のふたりだけ。エキストラである私たちに関心を寄せている人なんていない。

あ、ひとりだけいた。

なぜか境内のなかにいる翔太がこっちにスマホを向けている。

私に気づくとのん気に手をふるから、思わず笑ってしまった。

そうだった。小学校で体育祭のリレーに選ばれたときも、授業参観で先生に当てられたときにも、いつだって翔太は場の空気をやわらかくしてくれていたよね。

やっと翔太を見つけられたという安心感が体中に広がっていく。

ふう、と息を吐くと、動悸《どうき》が治まっていくのがわかった。

「最悪」

ボソッとつぶやく果菜の視線は、境内の入り口に向けられていた。

そこには果菜パパがいて『がんばれ果菜』のプレートを掲げている。

「あんなことしなくても、すぐに有名になるのに」

「果菜は本気を女優を目指しているんだね」

「美子——実緒はどうなの？　なりたい職業は見つかった？」

「あー、まだかな。でも、こういう町が活性化するイベントっていいよね。たくさんの人に三ヶ日町に来てもらえるようにする仕事って楽しそう」

が、果菜の心には響かなかったらしく、「は」というひとことで片づけられてしまった。

「東京に行こうよ。それならきっとチャンスもたくさんあるしさ」

「東京ねぇ……」

ずっとこんな毎日が続くと思っていたけれど、果菜とは高校を卒業したら別の道に進むことになるんだ。こんなときなのに、離れ離れになることが急にさみしくなった。

それからもカメラリハーサルは何度も続き、その後にやっと本当のリハーサル。これも数回くり返された。

いよいよ本番前になりテントの横でスタンバイしていると、「実緒」と名前を呼ばれた。その声だけで誰なのかわかる。

スマホを持ったままの翔太が汗を額に浮かべている。

「いよいよエキストラデビューですがどうですか？」

「そんなインタビューまで撮るの？」

スマホを避けるように前を向く。

「念のためだよ」

「私よりも果菜を撮ってあげてよ」

「それは撮影後にみっちりインタビューするように脅《おど》されていますから」

その言い方に笑ってしまった。

現場では最終チェックで不備があったらしく、怒号が行き交っていた。

「映画の撮影ってこんなにたくさんのスタッフがいるなんて知らなかったよ。翔太もそのひとりなんてすごいよね」

「俺はただのメイキング撮影担当だし」

「ミツキさんや楠さんに近づけるなんてすごいことじゃん」

そう言うと、翔太はなぜか私に一歩近づいてきた。

「前も言ったけど、ミツキさんってかなりおっかないんだぜ。すぐ怒るし、監督にだって平気で意見をズバズバ言ってる」

「ああ、なんかわかる」

「でもそこがプロって感じでいいよな。最近では俺のこともかわいがってくれてる」

なぜだろう。胸のあたりがモヤッとした。

気づかないフリで前髪を直す。

「翔太、こういうの向いてるんじゃない？」

「向いてるだろうけど、俺の目的はあくまでおやじの店の再開だから」

ブレない翔太に少々の感動を覚えている間に、境内からスタッフがいなくなった。

「いよいよ本番だな。向こうから撮影してるから」

翔太もダッシュで駆けていく。

スタッフが改めて観客に注意をすると、境内から音が消えた。

不思議な光景だった。たくさんの人がいるのに、まるで誰もいないかのような静けさのなか、風の音だけが聞こえている。

幸谷さんがカチンコと呼ばれる黒い板をカメラそれぞれに映るように立った。

「シーン25の3。本番よーいスタート！」

カシャン！

音と同時に幸谷さんが駆け足で去ると、三秒くらい置いて主演のふたりが境内に歩いてくる。うれしくてせつない空気がそこにはちゃんと存在していた。

――私もがんばらなくっちゃ。

果菜のもとに駆け寄り、会話をつなげるだけ。主役のふたりの向こうにちょっと映る程度だからできるはず。

思えば思うほど、言いようのない緊張が足元から這いあがってくるようだ。

うしろに控えていたスタッフのひとりが「お願いします」と小声で言うのを合図に、砂利を蹴《け》って走り出す。向こうで待つ果菜に笑顔で手をふりながら走るけれど、さっきよりもやけに遠い。

あと少しで果菜のそばまで来るというところで、足元が急にぐらついた。

砂利に足を取られたと気づいたときには、前向きに激しく転んでいた。

「ちょ、大丈夫？」

果菜の声に顔が真っ赤になるのがわかる。ついた右手がすぐに痛みを生んでいるけれど、なんとか立ちあがった。

「ごめん。私——」

カメラのほうを見る勇気なんてなかった。私のせいで本番がダメになってしまったらどうしよう……。

「ほら、こんなに汚れて」

私のモンペをはたきながら、果菜が「私も今来たところだから」と言うのを聞き、演技が続行されていることを知った。

顔をあげた果菜に悲しみが浮かんでいる。

「……なにかあったの？」

「ちょっと話したいことがあってね。それより、あたしたちは友だちだよね？　なにがあっても友だちでいてくれる？」

「あ、うん。転んじゃっても友だちでいてくれる？」

なぜかそう口にする自分がいた。果菜は私の腕に自分の腕を絡めると、にっこり笑った。

「もちろん。じゃあ、歩きながら話そうか」

そのまま境内の隅《すみ》に向かって歩き出す。もうカメラからとっくに見切れているだろうに、なかなかカットの合図がかからない。

観客がいる境内のはじまでたどり着く寸前で、ようやく「カット！」の声が響き渡った。

「ああ……」

とたんに足がガクガクと震え出し、その場にうずくまりそうになる。

どうしよう……。とんでもない失敗をしてしまった。

「大丈夫？　ケガしてない？」

「うん、大丈夫」

答えながら視線はテントへ向かう。……大日向さんに謝らないと。

重い足でテントへ向かっていると、私の前に誰かが立ちはだかった。それは、ミツキさんだった。

「あ……すみません。私、私……」

ミツキさんは優雅な笑みを浮かべ、親しげに私のセーラー服の袖をつかんだ。

「実緒ちゃんだっけ？　最初から転ぶ芝居だったたっけ？」

笑顔はそのままに、低い声で彼女は言った。

「いえ……。あの、私の不注意なんです」

「そうなんだ。そんなにまでして目立ちたいの？」

はたから見れば、私たちは仲良くしゃべっているように見えるだろう。

「違います。すみません」

「たまにいるのよね。エキストラのくせになんとか爪痕《つめあと》を残そうってする人が。映画のことなんにもわからない素人《しろうと》って、本当に大嫌い」

「ごめんなさい。本当にすみません」

謝る以外なにができるだろう。泣きそうになっている私を置いて、ミツキさんは最後まで笑みのまま立ち去った。

胸が、痛い。私のせいでミツキさんの邪魔をしてしまった……。

テントの向こうから大日向さんがひょいと顔を覗かせた。怒られる、と覚悟するけれど、その表情は満面の笑みが花のように咲いていた。

「いやあ、すばらしい。まさかのエキストラの転倒がいい感じに映ってるよ。よし、一発オッケーにします！」

とたんに観客から大きな笑い声が生まれた。

みんな私のほうを見ておかしそうに笑いながら拍手をしている。

「すごいじゃん。実緒のおかげでうちら目立ってるんじゃない？」

駆けて来た果菜に肩を抱かれるが、ミツキさんに言われた言葉が頭から離れない。

「あ……」

楠さんにも謝らないと。

顔を巡らせると楠さんとミツキさんはスタッフに囲まれ、送迎の車に歩いていってしまう。

観客の波がそちらへ動き出すなか、果菜がうらやましそうに見つめる横顔が印象的だった。

3　六月のディスティニー（前編）

それは、予想もしていなかったことだった。

放送部の流す音楽に耳を傾けながら果菜《かな》とお弁当を食べていた昼休み。クラスの話題はあいかわらず映画のことばかりだ。

「うちのパパがね、あたしの演技を見てすごく感動してくれたんだよ。これまで反対していたのがウソみたいに、応援してくれるようになったんだ」

「果菜の演技、たしかにすごかったもんね」

素直に感心しながらお茶を飲む。

「あのときだって、あたしのフォローがなかったらNGくらってただろうしね」

「それにはほんと、感謝してる」

エキストラの撮影がずっと前のことのように感じるけれど、まだあれから二週間も経《た》ってない。撮影はやや遅れがちだと、観光協会の会議で報告されていた。

まだ快晴の空も、あと少しすれば梅雨《つゆ》に悩まされることになりそう。

そんな会話のさなか、スマホを眺めていた男子が突然「うお！」と破裂したような大声を出したのだ。

「うるせーよ」「静かにしてよね」

最初は文句を言っていたクラスメイトたちも、その男子の持つスマホを見るなり彼よりも大きな声で叫び出したので驚いてしまう。

集まっているクラスメイトたちは同時に、一斉にこっちを見てきた。

「え……？」

眉《まゆ》をひそめる私に、女子のひとりが「大変」とみんなに聞こえるように言った。

「動画サイトに映画公式チャンネルあるでしょ。そこに実緒《みお》と果菜が出てる！」

とたんにほかのみんなもスマホを取り出した。果菜も同じく慌てて画面を開いている。

翔太《しょうた》が撮影した動画は公式チャンネル内にて毎日のようにアップされ続けている。大日向《おおひなた》さんのインタビューにはじまり、撮影で使った三ケ日町《みっかびちょう》の名所、さらには主演のふたりのオフショット動画など、ファンを中心に再生回数をぐんぐん伸ばしているらしい。

さわがしい声のなか、私もスマホを開いた。

動画投稿サイトの【映画「蛍《ほたる》みたいな、この恋」公式チャンネル】を開くと、最新の動画がアップされている。そのタイトルが目に飛びこんできた。

【エキストラの女子高生　派手に転ぶ】

「え、え……？」

サムネには手前に楠《くすのき》さんとミツキさんが向かい合っていて、そのうしろで私が転倒した瞬間の写真が使われている。

動画をクリックすると、主演ふたりの向こうに果菜が立つ映像が流れはじめた。翔太が撮影したものだろう、主演のふたりに寄ることはなく、むしろ私たちを中心に撮影している。

あ、私が駆けてくる。

ああ、足が砂利《じゃり》に取られた。

あああ、派手に転んでしまう。

自分のことを動画で見ることなんてないから、恥ずかしさよりも不思議な感覚のほうが強い。

画面の下にキャプチャーが表示された。

【転んでもなお、演技を続けるふたり】

文字にある通り、私たちは最後まで演技を続けながら去っていく。

そこで画面は暗転し、【撮影順調！　八月公開予定】の白文字が浮かびあがった。

「ウソでしょ……」

私ではなく、果菜が口を開いた。そうだよね、こんな動画をアップするなんてひどすぎるよね。

が、顔をあげると、果菜の目はキラキラ輝いていた。

「あたしたち、めっちゃ目立ってる！」

思わずガクッと肩を落とす私に、

「立花《たちばな》さん、すごいじゃん！」

クラスメイトの高柳《たかやなぎ》さんが話しかけてきた。そんなにたくさん話したことはなかった彼女。確か名前は……高柳花帆《かほ》さんだ。果菜とよく似た名前だったからなんとか思い出せた。

「すごくないよ。なんだかNGシーンみたいだし」

「いやいや、マジですごい。友だちに自慢できるし。ね、写真撮ろうよ」

急に距離感を詰めてくる高柳さんに、

「ちょっと待ってよ。この演技力はあたしのおかげなんだからね」

と、果菜が割りこんできた。

「ずるい、私も！」「俺も！」

一気にクラスが沸いているなか、女子のひとりが「ねえ！」と声をあげた。

「イイネの数がすごい増えてる」

再生画面を更新すると、イイネの数が五〇〇を超えている。

「翔太のやつやるじゃん！」

誰かがそう言い、みんなも口々に賛同していると、チャイムが鳴りはじめた。

空席のままの翔太の席を見て、私は思う。

これは困ったことになった……と。


翌日、土曜日の十七時二十二分、事態はさらに悪化した。

再生回数が増えるなか、【大好評御礼！　エキストラ・クローズアップバージョン】がチャンネルにアップされたのだ。

タイトル通り私と果菜をクローズアップした動画で、派手に転ぶシーンは編集によりスローモーションになっていて効果音までついている。あっという間に前回の再生回数を越え、イイネの数は二〇〇〇を超えていた。

「おばあちゃん、これ見てよ！」

オクラの煮びたしをタッパーに詰めているおばあちゃんにスマホを持っていくが、

「そんな小さい画面、見えんて」

はなから見ようとしてくれない。

「私の動画がアップされてるの。これって著作権侵害、個人情報保護法違反、名誉棄損じゃない？」

「映画に参加するってことはそういうことやて。しょーもないことで騒ぎなさんな。今日はお父さんが突き出しの配達してくれるから、実緒はええよ」

風呂敷に手際よくタッパーを包んでから、おばあちゃんは最近ハマっているというチョコレートを抱えテレビの前に腰をおろしてしまう。

しょうがなく動画を確認すると、また再生回数が増えている。すごい勢いで増えるイイネの数。つまりたくさんの人がこの動画を見ているってことだ……。

「ちょっと出かけてくる」

「どこへ？」

「翔太に文句を言いに行く。このままじゃ恥ずかしくて町も歩けないよ」

台詞《せりふ》のない役にしてくれたのはうれしいけれど、こんな動画をアップするなんてひどすぎる。

「はいはい。行ってらっしゃい」

テレビに目をやったままのおばあちゃん。

家を出て自転車に乗る。町内会の会議で見せてもらったスケジュールによると、今日の撮影は浜名湖《はまなこ》のほとりらしい。

生ぬるい風にあおられながら自転車を漕《こ》げば、すぐに浜名湖が見えてくる。

夕暮れが忍び寄る湖畔《こはん》に、撮影用のライトがいくつも光っているのが見えた。遠くに折れそうなほど細い三日月が浮かんでいる。

自転車をとめて近づくと、通行人を整理する制作部のおじさんスタッフが私を認めてニカッと笑った。

「人気者の登場やな。動画バズってるらしいやん?」

関西弁のスタッフは、お笑い芸人から転向したそうだ。

「やめてくださいよ。そのことで翔太に文句があって来たんですけど」

「翔太? ああ、今日もメイキングの撮影しとったで。待っとって、呼んでくるわ」

遠くの海岸に主役のふたりらしき姿が見える。最近では町の人も慣れてきたのか、撮影を見学する人も少なくなっている。イレギュラーな光景も毎日続けば、日常になっていくんだな……。

撮影が終わったのだろう、煌々《こうこう》と照らしていた照明が落とされ、浜名湖は黒く沈んでしまった。暗闇《くらやみ》をかきわけるように翔太が近づいてくるのがわかった。

Tシャツに半ズボン姿の翔太は、すっかり撮影班に馴染《なじ》んでいるらしく、周りのスタッフと挨拶《あいさつ》を交わしている。

ただの幼なじみだったのに、一足先に社会人になったみたい。果菜も夢をかなえようと動いているし、自分ひとりだけが取り残されている感覚になる。

「ああ、実緒。撮影場所まで来るなんて珍しいな」

やっと私に気づいた翔太が額の汗をぬぐいながら近づいてくる。

「話があるんだけど」

　静かな怒りを含ませるけれど、翔太はなぜか歯を見せて笑う。

「動画すごいよな。ついにバズった！」

「……なにそれ」

「ひょっとして、機嫌悪かったりする？」

　思わず出た言葉に、翔太は不思議そうな顔をした。

「いいわけないでしょ。あんな動画を公開されて、すごく迷惑してるんですけど」

　少しくらい申し訳なさそうな顔をしてもいいのに、なんで平気な顔をしているの？

「いやいや」と、翔太はスマホを開く。

「果菜なんて大喜びで電話してきたぞ。再生回数見ただろ？　おお、もうイイネが三〇〇〇を超えてる！」

　スマホのバックライトに照らされる翔太を見ていると、怒りが一気に沸騰《ふっとう》するのがわかった。

「イイネの数なんてどうでもいい。なんで勝手に動画を出したのよ！」

「メイキング動画を撮影することは前から言ってただろ」

「だからってあんな何度もアップするなんてひどいよ」

「町をあげてやってることだろ。実緒だって三ヶ日町観光協会の一員として――」

「私は観光協会に入ってないから！」

なんでわかってもらえないの？

夢を応援したいと思っていたのに、あんまりだ。

「翔太は勝手だよ。学校サボってまで動画の撮影をして、いったいなにやってるのよ」

「俺はこの映画に懸けてるんだよ！」

「友だちに迷惑かけてまですることなの⁉」

平行線の言い合いは、お互いにどんどんヒートアップしていく。

やっぱり翔太にはわかってもらえないんだ。どんなに私が目立ちたくないか、友だちならわかってくれていると思っていた。

ふいに鼻が痛くなったと思ったら、あっという間に涙が頬《ほお》にこぼれた。

「え……」

翔太の声に顔を伏せた。泣きたくなんかないのに、次々にあふれる涙が止まらない。

「ごめん。そんなに怒るなんて思わなくて……ごめん」

急にオロオロする翔太に、首を横に振った。

結局、言いたいことを言ったら険悪になってしまう。これまで理解していたはずの翔太を遠く感じてしまう自分が悲しくてやりきれない。

「監督に俺から言ってみるから。だから泣くなよ」

困ったような声にもう一度頭を振った。

「今さら……遅いよ」

削除してもらったとしても、デジタルタトゥーは消えない。それに、大日向さんが削除してくれる可能性はないのもわかっている。彼にとっては映画の格好の宣伝になっているだろうし。

「なになに、ケンカしてるの？」

暗闇からする声に顔を向けると、楠さんが立っていた。

「あ……」

「マジでうるさいんですけど」

その隣にはモンペ姿のミツキさんが並んでいる。

周りにはふたりをサポートするスタッフも数人立っていて、その向こうには大日向さんの姿も見えた。

「……なんでもないです」

急に恥ずかしくなり口ごもってしまう。

「あ、そっか」なぜか楠さんが納得したようにうなずいた。

「あの動画のことだね。たしかにあれはかわいそう」

やっとわかってくれる人がいた。だけど、私がいちばんわかってほしかった翔太はなにかを考えるようにじっとうつむいたまま。

「えー、なんで？」

ミツキさんが明るい声で割りこんできた。

「エキストラとして参加しているなら、メイキングを撮影していることも知ってたわけでしょう？」

見物人がいないことを確認するように、あたりを見回しながらミツキさんは続けた。

「イヤならエキストラに参加しなければいいじゃない。同い年だって聞いてたけど、実緒さんってすごく子どもっぽいんだね」

言い返したい気持ちよりも悲しみが先に立っている。それに、自分の気持ちを言葉にすれば、さっきのように険悪になってしまうだろう。

「すみません……」

うなだれる私に、ミツキさんは不服そうにうなった。

「今じゃバズって有名人じゃない。あの動画、私の顔なんてほとんど映ってないし、クレームをつけたいのはこっちのほう。こんなことで怒るなんて、ちっちゃいね」

いつもの可愛《かわい》さはどこへやら、もうミツキさんは地声で話している。夜が訪れるなか、ミツキさんの瞳が意地悪く光っているように思えた。

「違うんです。俺が勝手に撮影したから――」

「翔太くんは黙ってて」

私をかばように間に立ってくれた翔太に対し、ミツキさんは鋭い声で攻撃した。

「翔太くんと話しているんじゃないの。私は、この子の気持ちが知りたいの」

押しのけるように翔太をかわしたミツキさんが目の前に立った。挑むような視線に心が砕けていくよう。こわれた心は涙になって流れていく。

「まあまあ、ミツキちゃん落ち着いてよ」

楠さんの援護にも動じず、ミツキさんは観察するように私を見ている。なにか答えなくっちゃ……。

勇気を出して「あの」と言葉にした。

「私は……目立ちたくないんです」

「そうなんです」と、隣に立った翔太が口添えをしてくれた。

「悪いのは俺なんです。俺が勝手に実緒を撮影してしまったからです」

けれど、ミツキさんにはノーダメージらしく「は」とひと笑いで返されてしまう。

「目立ちたくない？　なにそれ。エキストラに参加しておいて、撮影されて怒るなんておかしくない？」

「そうじゃなくて……」

「そうじゃないんです」言いかけた言葉を受け継ぐように翔太が言った。

「実緒を無理やりエキストラにしたのは俺です。実緒の転んだ動画を撮影したのも俺なんです」

「仲良しごっこかよ」

ミツキさんはイライラした顔を隠そうともしない。

「違うんです。実緒はあんなふうにおもしろおかしく取りあげられたことに文句を言っていて——」

「あのねえ！」

夜を割るような声に、思わず体が震えた。

「映画のことなめないでほしいんだけど！　みんな、どうやればウケがよくなるかを毎日毎分毎秒考えて演じてるんだよ。あんたみたいな素人《しろうと》と違って、私は本気でこの映画に取り組んでるの！」

燃えるような瞳に、思わず「でも」と反論していた。

「それならメイキング動画もプロだけですればいいと思うんです」

「使えるもんはなんでも使う。それがプロなんだよ。この映画は、私にとって大事な仕事なの。大日向監督だって同じ。翔太くんの言うように、みんなこの映画に懸けてるんだよ。素人は黙ってな！」

鋭い声に負けじと口を開くが、もう声が出てこない。

「翔太くんも翔太くんだよ。自分で撮影しておいて今さらなに言ってるのよ」

「いや、それは……」

タジタジの翔太を見ていると、自分が悪者にしか思えなくなってきた。

動画を削除してもらおうと思って来たけれど、最初から不可能なことだったんだ。周りで成り行きを見守っているスタッフも、私をクレーマーのように見ているのかも。

「もう……いい。いろいろご迷惑をおかけしてすみません……でした」

あきらめの感情に支配されたまま、のろのろと自転車にまたがった。

「実緒！」

追いすがる翔太の声が頭を素通りしていく。聞こえないフリで自転車を漕ぎだせば、帰り道はやけにペダルが重く感じた。


定例会の会場は、いつもより若い会員が集まっていた。

梅雨入り直前の厚い雲が窓ガラスの向こうに広がっている。

あれから翔太とは会っておらず、今日の会議も直前まで拒否した。けれどやっぱりおばあちゃんには逆らえず、差し入れのおはぎを持参させられている。

はしっこの席に座ると、隣の席にワインの輸入業を営む山本《やまもと》さんが座った。

「実緒ちゃんすごいよな。うちの娘が動画拡散してくれるよ」

「はあ、そうですか……」

最近はずっとこんな会話ばっかりしている。

「浮かない顔だね。観光客が増えているし、みんな実緒ちゃんに感謝してるんだよ」

「撮影したのは翔太ですから。それに、再生回数が増えるって、逆によくないことも多いんですよ。コメント欄、見ました？」

「肯定的なコメントがほとんどだから大丈夫だよ」

「ちっとも大丈夫じゃないです」

コメント欄は一度見て以来、開かないようにしている。たくさんの応援のコメントや主演ふたりへのメッセージにまぎれて、批判的な内容もあった。

『目立ちたいのがバレバレで寒すぎる』『うざいね、この子』『これが演技ってマジで思ってんの？』『ミツキがかわいそう』

忘れたいのに、脳裏《のうり》に焼きついて離れてくれない。

「まあ、SNSで有名になるって、そういうこともあるから」

わけのわからないことを言う山本さんに、あいまいにうなずきを返す。反論してもロクなことにならないことは、先日の一件で身に染みている。

会長である果菜パパは珍しく遅れているらしく、雑談に花が咲いている。

ふと、目の前にあるA４サイズの用紙が目に入った。今日の会議の内容が書かれている。その文字をなにげなく目で追っていると、ある文章で息が止まった。

『エキストラ養成講座についての検討』
今後も映画の撮影を積極的に誘致していく上で、より貢献できるエキストラの養成をおこなう。八月より開校予定。
（開催場所）三ヶ日町商工会議所
（受講料案）町民・五百円、町外民・一回千円
（講師）三ヶ日町観光協会映画誘致部・立花実緒・田中《たなか》果菜

「なにこれ……」

なにかの間違いではないかと用紙をじっと見つめる。何度見ても私の名前が印刷されている。

固まる私に気づいた山本さんがホクホクした顔でうなずいた。

「田中会長が張り切ってね、映画誘致部を発足したんだよ。ついでにエキストラの養成講座もやるんだって。果菜ちゃんは乗り気だって聞いてたけど？」

「そうそう」と、反対側に座った琴水《きんすい》の結子《ゆうこ》さんが話に加わった。

「エキストラに参加する人にもある程度の演技が必要だよね、って話になったのよ。撮影がスムーズに進むための的確な動きもね。そういうのを講座で勉強していくの」

「講座を受けた人だけが優先的に参加できるだら？　だったら俺も受けないとな」

盛りあがるふたりの声が、頭の上を素通りしていく。

こみあげるのは、恐怖に似たなにか。自分の知らないところでいろんなことが起きている。大きな濁流《だくりゅう》に呑《の》みこまれていくようで、ただ怖かった。

「今日は若い子もたくさん参加してくれてるし、みんな興味あるみたい」

結子さんの声に顔をあげる。久しぶりに見る顔が多いのはたしかだ。

「みんなさ」と、山本さんが声のトーンを落とした。

「三ヶ日町を盛りあげたい気持ちはあるんやて。でも、これまではどうやっていいのかわからなかった。今回の映画の撮影で、なにかが変わっていくのを感じてるんだろうなぁ」

この町が活性化することは、自分の将来へつながる一歩にも感じる。だけど……こんな形で注目されるのは本意ではない。

そんなこと言えるはずもなく、あいまいにうなずく。

結局、言いたいことを言っても、言えずに黙っていても結果は同じなのかもしれない。誰かを嫌な気持ちにさせたくなくて気持ちを抑えていたけれど、よく考えたら私が嫌な気持ちになりたくなかっただけかもしれない。

ミツキさんの言い方は厳しかったけれど、今思うと、彼女なりの正しさを感じたのも事実だ。

私もあんなふうに思ったことを言葉にしてみたいな……。

そのときだった。

グラニーズバーガーの店主が勢いよく立ちあがり、パイプ椅子《いす》がバタンとうしろに倒れた。その手にはスマホが握られている。

「リ……リモコン！」

と、店主が叫ぶ。誰かがテレビのリモコンを渡すと、すぐに壁にかけられたテレビがついた。

……嫌な予感がする。

またなにかとんでもないことが起きそうな予感がその輪郭《りんかく》を濃くしていく。

全員の視線がテレビに集まるなか、店主が次々にチャンネルを変えていった。

ワイドショー番組が映し出されると同時に、予感は現実になった。

『この映画は「蛍みたいな、この恋」というタイトルで、ここ、浜松市《はままつし》三ケ日町にて撮影中とのことなんです』

マイクを手に中継している女性リポーターが立っているのは、浜名湖沿いの国道。先日の夜に私が翔太に文句を言いに行った場所のすぐそばだ。

「すげえ！」「ええ、今いるの⁉」「見に行かなくちゃ！」

歓喜の声が洪水みたいにあふれ出す。

けれど、画面の右下にテロップが表示されると同時に、声は一瞬で静まった。

【清純派女優ミツキ　エキストラの女子高校生と大ゲンカ⁉】

みんなの視線を感じながら、画面をじっと見つめた。

『元々は映画の撮影に密着する企画でしたが、なんと今朝、映画の公式動画チャンネルにて、ミツキさんとエキストラのひとりが口論している映像が公開されたのです』

映像がスタジオへと切り替わり、神妙な顔の男性アナウンサーが映った。

『公式の動画にふたりがケンカをしている映像がアップされたのですね』

『関係者によりますと、この公式動画チャンネルではこれまでも、メイキングの動画が毎日のようにアップされているとのことです。エキストラの女子高生は、今ご覧いただいている動画でいわばバズったということなんです』

画面には私が転んだ映像、しかもエキストラ・クローズアップバージョンのほうが流れている。

こんな大変な状況なのに、果菜の顔がテレビに映って少しうれしい。いや、ショックのあまり、感覚が麻痺《まひ》しているのかもしれない。

『おもしろいですね。たしかにこれは人気が出そうな動画です』

男性アナウンサーが言い、画面が中継場所に切り替わると同時に、会議室のなかに悲鳴が響き渡った。

それは、女性リポーターの隣に果菜パパが立っていたから。体にフィットしていない小さなスーツ姿で髪もセットしてある。

『こちらには三ヶ日町観光協会の会長、田中誠二《せいじ》さんにお越しいただきました。よろしくお願いいたします』

『よ、よろしくお願いします』

カチコチに緊張している果菜パパの目が左右に泳いでいる。

『エキストラの女子高生がミツキさんとケンカをしている動画についてはご存じでしたか？』

『いえ。あの……し、し、知りませんでした』

『公式動画チャンネルで公開している、とのことですが、撮影は観光協会のかたがおこなっているんですよね？　今回の動画は映画のワンシーンなのでしょうか？』

『……わかりません』

果菜パパから情報をもらえないと悟ったらしく、女性リポーターがカメラ目線になる。

『皆様にはこれから問題の動画をご覧いただきたいと思います』

切り替わった画面に、私がいた。

夜なのに、はっきりと私の顔が映っている。

『イヤならエキストラに参加しなければいいじゃない。同い年だって聞いてたけど、【ピー】さんってすごく子どもっぽいんだね』

私の名前は機械音で消されていた。ミツキさんはカメラに背を向けていて、翔太の怯《おび》えた表情が見え隠れしている。

『それならメイキング動画もプロだけですればいいと思うんです』

ああ、こんな強い口調で言ってたんだ。改めて見ると、ミツキさんが怒るのも無理はないと思った。

『こんなことでクレーム言うなんて、ちっちゃいね』

『……すみません』

——もうやめて。

席を立ちあがる私に、誰もが興味津々《しんしん》の視線を向けてくる。画面には新しいテロップ【清純派ミツキの意外な一面】の文字が躍《おど》っている。

『映画のことなめないでほしいんだけど！』

『あんたみたいな素人と違って、私は本気でこの映画に取り組んでるの！』

『みんなこの映画に懸けてるんだよ。素人は黙ってな！』

そこで画面は中継場所に戻った。

『驚きですよね。子役時代から清純派でやってきたミツキさんのイメージが根底から覆《くつがえ》るような動画です！　これを映画の公式チャンネルが出したのはどういう意図があってのことなのでしょうか？』

ふいに私の左手を結子さんが握った。

「……逃げたほうがいいかも」

画面を見つめたままの横顔で結子さんは言った。

「え？」

「田中会長、ひょっとしたらリポーター連れてくるかもしれない。ううん、あの人ならやりかねない」

たしかにエキストラ養成講座を開設しようとしている今、果菜パパにとって私をテレビに登場させることは絶好のチャンスだろう。

周りの人も心配そうにうなずいている。

「俺たち絶対に余計なことは言わないから」「ここにいたことは内緒にするから」「なんとか逃げて！」

まるで逃亡犯に言っているみたい。

荷物をまとめて部屋から出る間にも、リポーターの声は続いている。

『ミツキさんの所属する事務所、および、この映画の制作会社も固く口を閉ざしている状況です』

なんとか外に出ると、駐車場のほうからスーツを着た男女が歩いてくるのがわかった。製作実行委員会のふたりだ。

女性のほうが私に気づき早足で近づいてきた。たしか……堅谷《かたや》さんだ。

黒ぶちメガネを中指であげた堅谷さんが、挑むように私を見つめた。

「自分がなにをしたかわかっていますか？」

「え……」

「女優とのケンカがニュースになっていることを知らないのですか？　主演女優とケンカをするなんて、どういうつもりでしょうか？　クレームの電話が鳴りやまないのをご存じでしょうか？」

質問に見せかけて、確実に私を非難している。

「……すみません」

「こんなことになるから、こちらに任せるべきだったんです。あなたがしたことは三ヶ日町だけでなく、映画のイメージをも損なったんですよ」

「……」

「あんな動画を撮影するなんて、あの男子もなに考えているんだか。高校のほうにもクレームの電話が行ってるそうですから、あなたたちふたりとも処分されますよ、きっと」

最後の『きっと』に力を入れて言うと、堅谷さんは急に興味をなくしたように顔を背け商工会議所へ入っていった。遅れて男性のほうもなかへ。

あまりにもたくさんの出来事が起きすぎて、脳が処理しきれていないのがわかる。

自転車置き場へ向かう途中、道を歩いてくる人にさえ顔を伏せてやり過ごす。本当に逃亡犯になった気分だ。

「実緒ちゃん」

その声は最初から聞こえていたけれど、気づかないフリで先を急いだ。また動画のことでなにか言われるのが嫌だったから。

「実緒ちゃん、こっちだよ」

けれど、声の主はあきらめる様子がなく、私の名前をくり返した。

……あれ。聞き覚えのある声だと気づきふり向くと、黒いミニバンの車の横に楠さんが立っていた。

「やあ、こんにちは」

撮影の衣装ではなく、麻のシャツに黒いパンツ姿の楠さんが駆け寄ってきた。

「え、楠さんも会議に出るんですか？」

尋ねながら違和感を覚えた。

「車、持っていましたっけ？」

「レンタカーなんだ。今日はオフだし、せっかくだからドライブでも行こうと思ってね」

「それにしては大きい車ですね」

「親切なレンタカー屋さんが琴水まで車を運んできてくれる、って言ってくれてね。お礼にいちばん高い車を借りたらこれだったんだよ」

曇天《どんてん》でも光沢を輝かせているミニバンは、おそらく八人は乗れるであろう大型車だ。

「雨が降りそうだから送っていくよ」

当たり前のようにそう言う楠さんに、

「いいですいいです」

そっこうで断ってから思い出す。このまま自転車で帰れば、リポーターに見つかってしまうかもしれない、と。

「あの……やっぱりお願いしてもいいですか?」

「もちろん。自転車はうしろの席に載せればいいよ」

リモコンキーを押すと、うしろのドアが自動でスライドした。楠さんが後部座席を移動させている間に自転車を取りに行く。

と、道の向こうから見覚えのありすぎる自転車が来るのが見えた。

「翔太くんだね」

楠さんは自転車を載せこむと、のん気な声でそう言った。

翔太は焦った様子で私の前に自転車を投げ捨てるように置くと、息も絶え絶えに体を折る。

「テレビ……テレビで――」

なにも答えたくなかった。口を開けば嫌なことを言ってしまうのは自分でもわかっている。

「楠さん、行きましょう」

「え、でも……わかったよ」

事情を察してくれたのだろう、楠さんが運転席へ回った。

「実緒!」

助手席に乗りこもうとする私の手を翔太がつかんだ。

「悪かった。まさかこんなことになるなんて思わなかったから」

必死で謝る翔太をふり返る。腕をふりほどくことはできただろう。だけど、もうそんな力も私には残されていない。

「翔太……昔からいつも私のことを守る、って言ってくれてたよね?」

「あ……」

「でも、結局守ってくれなかった。それが……答えなんだよ」

手を引くと、簡単に翔太の腕はほどけた。パタンとおりた腕のまま、翔太は首を横に振る。

「ごめん」

謝ってほしいわけじゃなく、ただ胸を覆《おお》う悲しみから逃れたかった。助手席に乗りこんでドアを閉めた。

「いいの？」

エンジンをかける楠さんに「はい」と答える。

「実緒！」

窓の向こうで叫ぶ翔太の顔を見られないまま、車が走り出した。サイドミラーに映る翔太がどんどん小さくなる。

ナビ画面ではテレビのワイドショーが映っている。さっきとは違う番組だけど、遅れて私とミツキさんのケンカが放映されているようだ。

「あ、ごめん」

モニターをナビ画面に切り替える楠さんに、首を横に振った。

もう一度サイドミラーを見ても、当たり前のようにもう翔太の姿は映っていない。とたんに吐くほどの後悔が襲ってくる。

どうしよう……。翔太にひどい態度を取ってしまった。

「ドライブに行こうと走ってたら、マネージャーから連絡がきてね。たしか今日はここで会議があるって聞いていたから来てみたんだ」

　楠さんが短い前髪をかきあげると、車内に甘い香りが広がった。

「すみません」

　最近は謝ってばかりの気がする。

「映画関係者が困ってるなら駆けつけるのは当然だよ」

　そう言ったあと、前を向いたままで楠さんは「いや」と言い淀《よど》んだ。

「僕があの場面で実緒ちゃんたちに出てほしい、ってお願いしたせいでもあるから」

　楠さんはやさしい人。この間のときも私をかばってくれた。

「転んだ私が悪いんです。そのあとも演技を続けなければよかった、って今は思います」

　言ってから、少し違うなと思い直す。

「ミツキさんが怒るのも当然です。私が言い返したせいでニュースにまでなって、すごく迷惑をかけてる。全部……私が悪いんです」

　私があのときミツキさんに絡んだから、ことが大きくなったんだ。なんで言い返したりしちゃったんだろう……。

「僕たちって似てるね。いったん言葉にしてから言い直すところとかそっくり」

　横顔で笑う楠さんにため息で応《こた》えた。お腹《なか》のなかのモヤモヤが大きくて、とても笑う気分にはなれない。

「エキストラの動画でバズったのも最悪だし、ケンカしたのも最悪。ミツキさんにはなんて謝っていいのかわからないくらい。最近はこんなことばっかりで嫌になります」

「ヘンなふうに取らないでほしいんだけど、僕はかなり楽しいよ」

「ヘンなふうにしか取りようがないんですけど」

ハンドルをさばきながら車は三ヶ日駅を通り過ぎる。溶ける景色は、昨日までのそれとは違う。

これから先、私は一体どうなってしまうんだろう……。

「たしか、家はこの先だよね？」

楠さんの問いに「はい」と機械的に答えた。フラッシュバックするように、翔太の悲愴《ひそう》な顔ばかりが脳裏をよぎる。

「もう少し先にある交差点で停めてもらえますか？」

自転車なら遠い距離も、車なら一瞬だ。この車には初めて乗ったけれど、家の軽自動車とは乗り心地が全然違う。

「ドライブにつき合ってよ」

「え？」

「ストレス解消に一時間ほどつき合ってよ。このまま帰ればモヤモヤした気持ちを抱えることになると思うし」

気づくと車は私の家へ続く道を通り過ぎていた。流れる景色と同じように、鉛《なまり》のように重い気持ちもどこかへ消えればいいのに。

「……わかりました」

楠さんの言う通り、このまま家に戻ってもずっと悩むことになるだろう。

「交渉成立。それでは僕が設定した浜名湖一周ドライブへ出発します」

楠さんが宣言し、ナビのボタンを押した。

『一般道で案内します』

ポンという機械音のあと、ナビが案内を開始した。


エンジン音の向こうに、くすんだ色の浜名湖が広がっている。

滑《なめ》らかにカーブを曲がると、楠さんは空を指さした。

「浜名湖って空に似ているね。天気と同じ色になってる」

「あ、はい……」

なぜだろう。車で走るほどに、どんどん翔太のことで頭が埋め尽くされている。

浜名湖も空も、気持ちのせいでより薄暗く感じてしまう。絡めた両手の指先に力が入っていることに気づき、意識して力を緩《ゆる》めた。

今ごろ翔太はどんな気持ちでいるのだろう。自分からひどいことを言ったくせに、猛烈な後悔を止めることができない。まるで泉のように次々と湧き出てくる。

「また翔太くんのことを考えているの？」

そう言った楠さんに、ハッと顔をあげた。否定する前に軽くうなずき、改めてもう一度首を縦に振った。

「いつもそうなんです。昔から、言いたいことを口にしたあと、ひどく後悔してしまうんです」

「ふたりはそっくりだよ」

横顔の楠さんが楽しげに言った。

「私と翔太がですか？」

「そうだよ」

「え……全然似ていないと思います。翔太は小さい頃から口ばっかりだし」

言いたいことを言えない私と、なんでも簡単に口にする翔太。まるで正反対の性格だと昔から思ってきた。

「さっきだって、双子みたいにそっくりな顔で傷ついていたよ」

ハンドルを操りながら楠さんは言った。車は坂道を右へ左へくねくね登っていく。

「そうでしょうか……」

「実緒ちゃんも翔太くんも、本当の気持ちを隠して生きているんだよ。それをごまかすために実緒ちゃんは黙り、翔太くんはしゃべる。――わかる?」

チラッと私を見てくる楠さんに、首をひねった。

「なんとなく……。いえ、やっぱりわかりません」

正直に答えると、楠さんは小さく笑う。

「じゃあ子どもの頃のふたりはどうだったの?」

「ああ、幼稚園の頃から同じです。言いたいことがなにかもわからず、泣いてばかりでした。翔太はいつもなぐさめてくれて、『俺が、実緒を守るから』なんて言ってました」

林に入り、浜名湖が見えなくなった。

「きっと」と、楠さんがスピードを緩めた。

「どちらにも力がなかった。実緒ちゃんは言葉にする力が、翔太くんには実緒ちゃんを守る力が。今も、望みをかなえる力がまだない状態なのかもね」

「どうすれば言いたいことを言えるようになるのでしょうか?」

素直な質問に、楠さんはうなずくと窓を少し開けた。

「いろんなことがあるたび、実緒ちゃんは自分の感情を封印してきたんだよ。それを復活させてみるのはどうかな?」

感情の復活? まるでゲームのなかの話みたい。

意味がわからず黙っていると、再び視界に浜名湖が映った。

「心の奥底にある感情に気づけば、自然と言葉に変わっていくものだと思う。少なくとも僕はそうだったね。あ、なんかたくさん人がいるよ」

楠さんが前方を指さした先に、長坂《ながさか》養蜂場《ようほうじょう》というはちみつ専門店の駐車場が見えてきた。

「人気のはちみつ屋さんなんです」

「じゃあ、少し寄ろうか」

あっけらかんとした口調で提案してくるので「ダメです」と答えるが、楠さんはウインカーを出して駐車場へ入っていく。

「少し休憩しよう。ううん、休憩したいんだ」

「一緒にいるところを見つかったら、また迷惑をかけてしまいます」

駐車場にはたくさんの人がいて、看板と記念撮影をしたりソフトクリームを食べている。ふたりで降り立てば大騒ぎになるだろう。

「実緒ちゃんが迷惑なんでしょ？」

「え？」

思わず横顔を見ると、まだ楠さんは唇に小さな笑みを浮かべていた。

「もっと素直になったほうがいい。あの動画が出回って迷惑してるのはミツキじゃなくて君のほう。僕といるところを見つかって迷惑するのも君のほうなんだよ」

「……たしかにそうかもしれません」

普段なら反論しそうなことでも、楠さんに言われるとすとんと納得できた。

「私が迷惑なんです」

言い直すと、「いいね！」と楠さんは声にして笑ったあと、なぜか深いため息をついた。

「僕だって同じ立場なら迷惑だと思う。エキストラとして参加しただけなのに、こんなことに巻きこまれるなんて不条理だからね……」

「不条理すぎます。観光協会なんてエキストラ養成講座まで立ちあげようとしているんですよ」

話すほどに怒りの感情がこみあがってくるのを感じる。そうだ、私は怒っているんだ。

「どんな感情でもごまかさなければ……本当の気持ちはいつか言葉に……」

はしっこに停車したあと、楠さんはそう言いかけて言葉を止めた。

「たしかに私、感情をごまかしていたのかもしれません」

見るとなぜか楠さんはハンカチを口に当てている。

「楠さん？」

「……ん？」

「どうかしましたか？」

横顔を見ると、楠さんの顔色がさっきよりも悪い気がした。私の不安をなくすように楠さんは「あはは」と乾いた声で笑った。が、どう見ても無理しているのが伝わってくる。

「どうもしないよ。それより、さっきの、ウグッ……感情のことなんだけどね。僕が思うには……ウプッ……」

どんどん青くなる顔。その向こうでは家族連れが楽しげにはしゃいでいた。

「で、翔太が言うんですよ。『期末テストでは自己最高点を狙うから』って。いつもそうなんです。『狙うから』って言葉は断言しているわけじゃないから、『狙ったけどダメだった』と、あとでも使えるわけです。そうやって、うまいことばっかり言って……聞いてます?」

「あ……うん。聞いてるよ」

運転席のシートを倒し横になったまま、楠さんは蚊《か》の鳴くような小声で答えた。

「ひょっとして車酔い、まだ治らないんですか?」

長坂養蜂場の駐車場に、もう三十分も停車している。

話の途中でトイレに駆けこんでいった楠さんは、戻るや否《いな》や『車に酔った』と驚くような告白をした。

普段は運転をしないこと、助手席に他人を乗せていること、さらには慣れない道で緊張したことが重なったのが原因らしい。

トイレから戻ってからは、ずっと横になってミイラみたいに動かなくなってしまった。

私は、せっかく来たのだから、とはちみつソフトクリームを買った。はちみつ味のクリームに、さらに〝追いはちみつ〟をしてくれるという人気商品だ。それも食べ終わってしまったので、楠さん相手に愚痴《ぐち》をこぼし続けている。

「少しだけ、よくなった気がする」

青い顔で弱々しく答える楠さんが、手のひらを私のほうへ差し出した。

「もっと感情を吐き出していいよ。ちゃんと聞いてるから」

そう言われてしまうと話しにくい。楠さんがさっき貸してくれた顔バレ防止のサングラスをかけ直した。

色の落ちた世界は、なんだか味気ない。サングラスって初めてかけたけれど、私にとってはテンションの下がる小物なのかも。

「とにかく、翔太が映画にかまけているからこんなことになるんです。中間テストもヤバかったみたいだし、期末テストだって期待できません。翔太がケーキ屋を再開する夢は応援したいけれど、極端……そう、やることが極端なんですよ」

「なるほど。お茶、取ってもらえる？」

うしろのシートに転がっていたペットボトルのお茶を手渡した。

「誰かになにか言われてもニコニコ笑ってるんですよ。それなのに、あとでひとりで落ちこむんですよ」

きっと今ごろ、初生衣神社《うぶぎぬ》にいるのかな。彼を今日そこへ導いた原因は、まぎれもなく私だ。そう考えると少し胸が——いや、痛まない。少しは反省するべきだと思う。

シートを起こしお茶をひと口飲んだ楠さんが、肩で息をついた。

「つまり、実緒ちゃんは翔太くんのことが好きなんだね」

軽くうなずいてから、

「違います！」

慌てて首を横に振った。

「どこをどう聞いたらそうなるんですか」

「だってさっきから翔太くんの話しかしてないし」

「私が迷惑だと感じている原因が翔太だからです。翔太との関係は、ただの幼なじみでしかないですから！」

鼻息荒く説明すると、楠さんはきょとんとしたあと首をかしげた。

「勘違いだったら申し訳なかったね。でも、心配してくれる幼なじみがいて、翔太くんは幸せだね」

「……そうですよ。なのに、恩をあだで返された気分です。ああ、これからどうなっちゃうんだろう」

堅谷さんは高校でも処分されるとか言ってたし、映画に影響を与えてしまうのも怖い。

「楠さんの前で言うことじゃないですけれど、映画の撮影がはじまってからおかしなことばかり起きています。感情が乱されるっていうか……」

「そうだね。今回の映画は特に異例のことばかりだから」

少し体調が回復したのだろう、楠さんの声に張りが戻った。

「僕にとってこの映画は、初主演の仕事なんだ。でも、気合いが入っているかと聞かれるとそうでもない。ただ、事務所は大騒ぎでさ。きっと今ごろ僕の行方を探しまくってるだろうね」

「え、内緒で出てきたんですか？」

だとしたらヤバい。焦る私と対照的に、楠さんはなんでもないように肩をすくめた。

「大丈夫だよ。僕が自由人ってことはみんな理解しているから。あとはミツキだね。これまでもドラマでは何度か共演しているけれど、子役のときと違って出演本数は格段に減っているし、本人もそれを理解していると思う」

「そうなんですか」

「ひどい言葉を選ぶけど、〝ピークを過ぎている元子役〟だと業界では認識されている。だから、今回の主演はミツキにとってかなり重要な仕事だろう」

そう言われると余計に落ちこんでしまう。あの動画が出回ったことでの影響は、無名の私なんかよりもミツキさんのほうが断然大きい。

「大丈夫だよ」

私の気持ちを読んだかのように、楠さんは言った。

「これからしばらくは騒がれるだろうけれど、結果的に注目を浴びたわけだし、オファーの内容も今後は変わってくるかもしれない。推測の域を出ないけど、ミツキにとってはプラスの材料だよ」

そういう考えかたもあるのか、と素直に感心した。

「そうなればいいんですけど……」

そこで言葉を区切った。

「でも、私が怒ってるのはやっぱり翔太に対してなんです。転んだときの動画にしても、ミツキさんとのケンカにしても、あんなのをおもしろおかしく編集してアップしたことが許せないんです。だから、翔太のことが好き、っていう考えは不正解です」

きっぱり言い切った。

動画をアップする前に聞いてほしかった。目立ちたくない私のことを、翔太は理解してくれていなかった。それが今回の件で露呈《ろてい》した。

楠さんが窓を開けると、湿り気のある生ぬるい風が頬にまとわりついた。

「違うよ。実緒ちゃんは勘違いしている」

「どこがですか。名前は言えないけど、翔太のことを好きな子はほかにいるんです」

　ムッとする私に、楠さんは「違うよ」と笑った。

「勘違いしているのは、あの動画のこと。たしかに実緒ちゃんが転んだシーンの撮影は翔太くんがしていた。だけど、この間のケンカを思い出してみて。あのとき、翔太くんは撮影をしていたかな？」

「え……」

　さっきテレビで流れた映像を思い浮かべた。私の顔が映っていて、ミツキさんはうしろ姿で……。

「あ、ミツキさんのうしろから撮影していましたよね」

「照明もないのにはっきりとみんなの姿が映っていた。あれはプロ用のカメラで撮影した映像だよ。そもそも翔太くんは実緒ちゃんの横に映ってたし」

　言われて気づいた。あの動画に翔太の姿も映っていたことを忘れていた。

　だとしたら、映画スタッフが撮影していたってこと？

「ひょっとして大日向さんが……？」

「ご名答」

「ごめい……それって、どういう意味ですか？」

「正解、ってこと。あれは大日向監督がカメラマンに指示して撮影させたんだと思う。案外、助監督の幸谷《こうたに》さんあたりが撮影してた可能性もあるね」

楠さんがシートベルトをつけたので私も同じようにつけた。車が走り出し、景色がゆっくりと流れはじめる。

「大日向監督もこの映画を成功させることに全力を注いでいるんだよ。だから、これは使えると思ってカメラを回させたんだろう」

ミツキさんが『みんなこの映画に懸けている』と言ったのは、本当のことだったんだ。

「翔太くんが撮影した動画はすべて監督のもとに送られるんだよ。どの動画を使うかを助監督に指示して、編集をしてもらっている。だから、翔太くんにはどの動画をどんなふうに使うかは判断できない。無罪とは言い切れないけれど、間接的共犯ってとこかな」

車の生む軽い揺れを感じながら、楠さんの言葉を心のなかで反芻《はんすう》する。

「いろんな人の想いがこの映画に集まっているんですね」

「想い、と言えば聞こえはいいけど、結局は利益のための思惑なんだよ。自分のポジションや将来への期待を乗せて撮影している。純粋に映画が好きなだけじゃダメなんだろうね」

寂しげな横顔に口をつぐみ窓の外を見る。

「どうしよう。私、翔太にひどい態度を取ってしまいました」

てっきり翔太が動画を撮影したとばかり思っていた。完全に濡れ衣を着せたあげくに無視までして……。

「言葉にすればいいだけだよ」

口笛でも吹きそうな軽い口調の楠さんの声が耳に届く。

景色を溶かすように雨が降りはじめていた。


神社に着く頃には、雨は止んでいた。

駐輪場にある翔太の自転車は、シートに雨粒が模様のようについている。

翔太はやっぱりいつもの石垣に座っていた。私に気づくと、ホッとした顔をしたあとうつむいてしまう。

傘も差さずに座っていたのだろう。前髪やシャツが濡れている。

ハンカチを敷き隣に座ると、

「ごめん」

翔太は何度目かの謝罪を口にした。

「うん」

思ったよりも弱い声がこぼれてしまう。

「ほんと、ごめん」

「大丈夫だって」

昔からケンカしたときは、短い言葉で仲直りしていたよね。懐かしい感覚に、さっきまでの怒りはすっかり消えてしまっている。

「テレビ局の人ってあのあと会議室に押しかけたりした？」

「いや、来てないよ」

そう言ってから翔太は体ごと私に向けた。

「俺、監督に動画を消すように留守電入れたからさ。このあと、直接会いに行って交渉してみる」

「大日向さん絶対に消してくれないよ」

「それでも言う」

キッパリと口にする翔太の顔には決意と後悔が同居していた。

「それに、テレビ局にも説明するから。実緒にこれ以上迷惑かけないようにする」

さっき、私がひどいことを言ったせいだと思った。ここでずっと考えていてくれたんだ……。

「あの動画、翔太が編集してたわけじゃないんでしょう？」

バツの悪そうな顔で翔太はうなずいた。

「俺が撮影した動画って、そのまま監督のクラウドサーバーに送られててさ、いじれないんだよ。今回のことがあって幸谷助監督に抗議してんだけど、意外にあの人も頑固でとり合ってくれないんだよ」

やっぱり楠さんが言ってたことは合っている。

「みんな自分の利益が優先だからね」

「……俺もだけどな。撮影しておいてなんだけど、実緒の転ぶ演技を『使える』って思ったことは事実だから」

「だね」

足をブラブラさせているうちに、また音もなく雨が降りはじめた。糸のように細い雨が初生衣神社を濡らしていく。

なんだか世界にふたりぼっちのような気がした。外の世界で起きているトラブルも、イライラも全部が現実のことじゃないみたい。

スマホを取り出し公式チャンネルを開くと、テレビの影響かすごい数の再生回数を記録している。コメントは見ない。どうせ私への誹謗《ひぼう》中傷であふれているだろうから。

動画投稿サイトにおいて、目立つ動画は良い意味でも悪い意味でもバズる。今回の動画は格好のえじきになることは間違いない。

「さっき、ナイトから電話があった」

「内藤《ないとう》先生から？　え、なんか言ってた？」

私たちのクラスの担任から電話がきたってことは、ひょっとしたらマズい状況なのかも……。

「テレビで俺と実緒が映ってるのを見た、って。超興奮してたよ」

「そうじゃなくって、なにか処分されるとか言ってなかった？」

「いや、校長先生もよろこんでるみたい。俺があの動画を撮ってないってことも証明できてるし。あ、でも実緒の個人情報とかがさらされないように注意しろ、って言ってた」

よかった……。いや、まだ油断はできないだろう。堅谷さんがさっき言っていたようなことがないとも限らない。

「とにかく、これ以上実緒に迷惑がかからないようにするよ」

ひょいと立ちあがり、歩き出す翔太に霧《きり》のような雨が降っている。

楠さんにさんざん文句を言ったせいで、感情を言葉にするのはできそうな気がする。

「さっきは……ごめんね。あんなこと言うつもりじゃなかった」

「いや」と、翔太が体ごとふり向いた。

「実緒は悪くない。俺が調子に乗りすぎたんだ。もう一度チャンスがほしい。今度こそ約束を守るから」

雨が――まるで悲しみや苦しさを浄化させているみたい。

違う。翔太がそうさせてくれているんだ。

「俺が、実緒を守るから」

力をこめて言う翔太に、雨の音がスッと遠ざかった。まっすぐに私を見つめる瞳、固く閉じた唇に、翔太が本気で守ろうとしてくれていると感じた。きっと、昔から言ってくれていた言葉は、そのときそのときで真剣に思ってくれていたんだ……。

一秒後には、胸が熱くなっている。

……これは、不安なせい。雨のせい。意外な台詞のせい。

いろんな理由をつけてもなお、胸の鼓動《こどう》が雨と一緒に騒いでいる。

4　六月のディスティニー（後編）

ベッドに仰向《あおむ》けになり、ぼんやりと天井を眺める時間が好き。ゆっくり考えごとができるし、こんがらがった思考の糸をほどくことができるから。たいていは一日の反省や、明日の予定などを整理することが多いけれど、まだ夜の九時。

昼から降り出した雨は、夜になり豪雨へと変わった。屋根をたたく雨音がリズムを刻んでいる。

お母さんの店にはお父さんが車で料理を届けに行ってくれている。まだ帰らないところを見ると、飲んでいるのだろう。帰りは運転代行サービスを使って帰ってくるに違いない。そして、無駄遣いをおばあちゃんに叱られるといういつもの流れ。

雨がまた激しくビートを刻みはじめた。部屋のなかまで侵食してくる音に、打ちのめされそうな気分だ。

好きな時間なのに、この数日はため息ばかりこぼれてしまう。

頭でくり返し流れるのは、あの日翔太《しょうた》が言った『俺が、実緒《みお》を守るから』の言葉ばかり。口ぐせかと思うほど昔から何度も聞いた言葉なのに、どうして気になっているの？

——別に、深い意味なんてないんだから。

自分に言い聞かせても『でも』と疑う自分がいる。それくらいあの日の翔太に深い決意を感じたのも事実で……。

「なんでもないこと、なんでもないこと」

うつ伏せになり枕に顔をうずめて呪文のようにくり返しても、翔太の顔と声が全然消えてくれない。

期末テストの勉強をしなくちゃいけないのに、なんで気にしているのか自分でもわからない。

別に私が翔太を好きになったとかじゃない。翔太だって深い意味で言ったことじゃないだろうし。最近はいろんなことがありすぎて、きっと脳が混乱している。ただ、それだけのこと。

自分を納得させるのと同時に、果菜《かな》を裏切っているような罪悪感がじわりと心ににじんでいる。

「恋じゃない、恋なんかじゃない」

雨音に負けないように唱えるけれど、言い訳のようにも思えてしまう。

幸い、翔太はまだ不定期でしか登校していない。クラスでも私とミツキさんのケンカは話題になったけれど、内藤《ないとう》先生をはじめ、教師からのおとがめはなかった。

堅谷《かたや》さんの抗議により、動画のコメント欄は閉鎖の設定に切り替えられたそうだ。同様にマスコミに通達があったようで、一般人である私はレポーターに追いまわされることもなかった。

堅谷さんは厳しいけれど、ちゃんと守ってくれる大人だったんだ……。今度会ったらお礼を伝えなくちゃ。

ミツキさんは、これまでのイメージと違うことからワイドショーではまだなにか言われているけれど、映画に懸ける情熱を評価する声のほうが多いと聞く。

なんにしても六月もそろそろ終わりを迎える。

映画の撮影はあと一カ月もないし、今はただ、この町に日常が戻るのを待つばかり。平凡な毎日に戻れば、こんなことで悩まなくても済むんだから。

「実緒！　ちょっと来て！」

台所でおばあちゃんが私を呼んでいる。

のっそりと起きあがり、髪を整えながら顔を出すとおばあちゃんはテレビを見ながらみそ饅頭《まんじゅう》を食べていた。生地にみそが練りこんでありなかにはあんこがたっぷり詰まっていて、おばあちゃんの大好物のひとつだ。

「え、それ全部食べたの？」

見ると、透明の包み紙が四枚無造作に置かれていた。

「いろんな店のみそ饅頭の詰め合わせなんよ。どう味が違うのか知るには全部食べんと失礼だら？」

　よくわからない理由を述べてから、おばあちゃんは台所のほうをあごで指した。

「そこにあるタッパーを持って行って」

「お母さんとこに？　さっきお父さんが持って行ったよね？」

　今日は里芋《さといも》の煮つけだったはず。

「映画の撮影班が飲みに来たんやて。土曜日は撮影ないらしくて、みんなでこのあたりのスナックをはしごしてるって。帰ったと思ったら、今度は観光協会の人たちが来たみたい。追加で料理を頼まれたんやて」

「待ってよ。こんな大雨の夜にひとりで行かせる気？」

　憤慨《ふんがい》していると家の前に車が停まるのが窓越しに見えた。

「迎えが来たみたいやな。車で送ってもらえるから用意しなさい」

「どういうこと？」

「なんか、ついでに観光協会の人が実緒に話があるんやて」

　すぐに『エキストラ養成講座』の話だとわかる。はぐらかしてきたけれど、ついに直接交渉をする気なんだ……。

「絶対によくない話だから行かない」

「エキストラの学校の話だら」

敵はおばあちゃんにまで話を通しているらしい。ぶすっとする私に、おばあちゃんはみそ饅頭の最後の包みを開けた。

「やりたくないなら断りなさい。そのためにもちゃんと会って話をすること。待たせるほうが失礼やて」

「約束したわけじゃないのに……」

ブツブツ言いながらスマホをスカートのポケットに入れる。

あ、そっか。迎えに来たのが観光協会の人なら、タッパーだけ渡して断ればいいんだ。おばあちゃんには適当に言っておこう。

「とりあえず行ってきます」

タッパーを手に外に出ると、黒いワゴン車に乗っていたのは翔太のお父さんだった。

「え、おじさん？」

雨を避けながら助手席に乗りこむけれど、翔太の姿はない。

「いやぁ、お互い苦労するね。みんな飲んでるらしくて、おじさん、足に使われちゃったよ」

シワだらけの顔で笑うおじさん。違和感は、車のなかに漂う甘い香りのせい。これは……バターの香りだ。あごをあげ、とろっとした香りを吸いこむ。

「あ、やっぱりわかる？」

「わかります。バターのにおい、すごく好き」

昔、翔太の家に行くたびに鼻腔《びこう》いっぱいに甘い香りを吸いこんでいたことを思い出した。しばらくいると慣れてしまって香りがわからなくなるから、一度外に出て鼻をリセットしたりもした。

「翔太のヤツ、毎日のようにレシピを聞いてくるんだよ。しょうがないからたまに作ってやってんだ。ちなみに今日は三ヶ日《みつかび》みかんを使ったシフォンケーキ。酒のつまみには向かないだろうけど、差し入れにね」

後部座席にある白い紙箱は、おじさんの店で使っていたものだ。久しぶりに見る箱が懐かしくて、少しだけ気持ちが軽くなった。

「私も食べたいからもらうね」

「もちろんだよ」

昔からの知り合いだけど、ふたりで話をするのは久しぶりだった。

車は翔太の家の前を通り過ぎ、県道へ出る。ガタガタと揺れ、タッパーをしっかりと持つことに集中。この間乗ったレンタカーとはずいぶん乗り心地は違う。

「エキストラ養成講座を開くんだってね。翔太は必死で反対してるみたいだけど、あの人たち一度言い出したら頑固だからなぁ」

「他人事《ひとごと》みたいに言わないでよ。すごく迷惑してるんだから」

「ごめんごめん。おじさんも反対してあげたいけど、勝手に抜け出した身だからさ」

おじさんの横顔を見る。少し疲れていて、前に会ったときよりやせたように見える。

「翔太、本気で店を再開させたいって思ってるよね？」

「あいつも俺に似て頑固だからね」

「おじさんは反対しているの？」

自分で聞きながら、酷な質問だと思った。悩みに悩んで看板を下ろしたに違いないのに……。

「うーん」

ハンドルを切りながらおじさんは目じりを下げた。

「賛成したい気持ちが半分、反対したい気持ちが半分ってとこかな。やりたいことを見つけてくれてうれしいけど、店を経営するのって大変だからね。親なら、子どもに苦労させたくないし」

「でも、翔太は苦労だと思わなさそう」

「ケーキを作ってるときのあいつは幸せそうだしな。ただ、気持ちがあっても技術はまだまだ。もうちょっと勉強してもらわないと」

普段はいがみ合ってても、ケーキ作りのときはいろんな話をするんだろうな。

あ……また翔太のことを考えている。

「にしても、こんな夜に娘を駆り出す親ってひどいと思わない？　しかもふたりそろってだよ？」

あはは、とおじさんがしわくちゃの顔で笑った。

あっという間にお母さんの店の看板が見えてくる。雨はさっきよりも小ぶりになっていてホッとした。

駐車場には観光協会が所有する小型バスがラインを大きくはみ出してとめてあった。ライトを消したおじさんが「まあ」と言った。

「いくら反対しても、翔太の夢なら応援するしかないって最近は思うようになったよ。本当にやりたいことなら、いくら親子でも止める権利はないから」

「うん……。翔太、本気だと思う。だからこそ、観光協会から抜けずに模索してる。映画の撮影に参加してるのも、いつかケーキ屋を再開させるためだって」

翔太の話をするたびに、応援したい気持ちばかり強くなっていく。

「あいつのこと、支えてやって。気丈に見えて、陰《かげ》で落ちこんでたりもするから」

おじさんは翔太のことをわかっているんだな、とうれしくなった。

「送ってくれてありがとう」

車から降り後部座席にあるケーキの入った箱を持つ。お礼を言うと、おじさんは翔太そっくりな笑顔を浮かべた。

「さすがに顔を出しにくいからあとは頼んだよ」

店の軒下《のきした》で車が去るのを見送ってから、ドアを開けると店内は満員御礼。カウンター席にもボックス席にも人があふれている。

「実緒ちゃん」「おお、若い子が来たな」

観光協会の人の声を華麗にかわし、ツンとあごをあげたままでカウンターのなかにいるお母さんにタッパーと紙箱を渡した。

「夜なのにごめんね。田中《たなか》さんが実緒を呼んでくれたらボトル五本入れてくれるって言うもんだから」

「五本⁉　三本って約束だら」

果菜パパがツッコミを入れるがお母さんは無視して、

「ほら、ここ座って」

私を果菜パパの隣に座らせた。

「売上のために子どもを差し出すなんてひどすぎる」

せめてもの文句を言うが、これも無視。右には果菜パパ、左には三ヶ日製菓の伊藤《いとう》さん。

つまり果菜関係の人の間に座らされた構図だ。

タコみたいに真っ赤な顔の果菜パパが、薄茶色《うすちゃ》のお酒の入ったグラスを持ったまま

「で」、と間合いを詰めてきた。早速本題に入るらしい。

「エキストラ養成講座の話なんだけど、受けてくれるだら？」

「受けません」

「いやいや」と、伊藤さんも身を乗り出す。こちらは酔っ払いすぎたのか、いつもより青白い顔をしている。

「すごくいい企画だと思うよ。観光協会へも実緒ちゃんに関しての問い合わせがすごく来てるんだよ。こんなのすごくない？」

伊藤さんは酔うと『すごく』を連発するみたい。

「うちの果菜も乗り気でね。とにかくあの子はプロ根性がすごいんだよ」

果菜パパがうれしそうに言う。赤鬼と青鬼に挟まれている私は、食べられる寸前の子どもみたい。

「実緒ちゃんにはエキストラのプロとして講師をしてほしいんだよ。顔写真をでっかくホームページに載せてさ」

「そうそう。エキストラでも有名になれるってのを売りにしてさぁ」

両側の雑音をぶった切るように「ちょっと！」とお母さんがふたりをにらみつけた。

「ふたりとも距離が近すぎ。うちの娘に気安く触らないでよ」

お母さんがコーラのミニ缶をカウンターに置いた。珍しく氷の入ったグラスも添えてある。

「いや、俺らはただ実緒ちゃんに――」

「言い訳はしない」

ピシャリと言い放つと、腕を組むお母さん。まるで鬼たちのボスみたいで笑えるけれど、そもそも呼び出したのはお母さんなのに。

「実緒がやりたくないことは見てればわかるでしょ。それ以上強要するなら、パワハラ案件になるわよ」

「そんな大げさな……なあ、実緒ちゃん?」

果菜パパの気弱な声に姿勢を正した。

私もごまかすだけじゃなくちゃんと伝えなくちゃ。

「エキストラ養成講座の企画はすごくいいと思うよ。でも、講師として私の名前が出るのは困る。問い合わせが来てるなら、あのチラシから私の名前がバレちゃう可能性だってあるし」

「わかったよ。それじゃあ名前は伏せよう。『あの話題のエキストラも講師として参加』とか?」

果菜パパの提案に、聞こえるようにため息をついた。

「だから、講師はしたくないんだって。エキストラとして活動し続けているならいいけど、たった一回しか経験がないんだよ。教えられることなんてないし」

「でも……」

口を開く果菜パパに右手を広げてストップをかけた。

「授業料を取るならきちんとした仕組みを観光協会で作らなくちゃ。そもそも私、観光協会の会員じゃないんだからね。よし、決めた。もう手伝いに行くのやめる」

はっきりとそう言うと、さっきまで騒いでいたみんなが急に黙った。

「おばあちゃんの差し入れがなくなるのは困るよ……」

果菜パパがあきらめたように言うと、みんなも「だら」「だに」とうなずいている。

「私だって観光協会の役に立ちたいって思うよ。将来はなにかそういう仕事に就《つ》きたいって思ってるし」

「え、初耳なんだけど」

お母さんが驚いた声を出したので、慌《あわ》てて首を横に振った。

「この間ふと思いついた感じだから。でも、こんな強引なやり方じゃ絶対ダメと思う」

「じゃあどうすればいいと思う？　映画が公開するタイミングがチャンスなんやて」

困った顔の果菜パパの顔は、もう赤鬼じゃなくなっている。お母さんと目が合うと、軽くうなずいてくれた。

好きなように言いなさい。そう言われている気分になった。

「調べてみたんだけど、エキストラの養成学校は全国にあるんだよ。その学校と提携して三ヶ日校として開校するの。学校と名乗るならちゃんと教育できる体制を作らないと問題になるから」

「なるほど。おおもとの学校にも授業料の一部を渡すってことか」

伊藤さんが感心したようにうなずいた。

「あとは映画会社へ売りこむことも大切。撮影場所とエキストラを提供できれば、映画会社もこの町を選びやすくなると思う」

ほう、と感心した声が周りであがった。

「大切なのは、製作実行委員会と歩幅を合わせること」

「うわぁ。あの人、なんか苦手なんだよなぁ」

果菜パパが思いっきり顔をしかめた。

「毎回堅谷さんが対応するわけじゃないでしょ。それに私が出ている動画のコメント欄、堅谷さんが削除の要請をしてくれたんだよ。おじさんはのん気にテレビなんか出ちゃってたし」

「誠に申し訳――」

「だから」と果菜パパの謝罪を止めた。

「私も運営の協力はする。やるなら長く経営できるように考えようよ」

しん、とする店内で、コーラの炭酸の抜ける音が聞こえている。

「実緒の勝ちってとこね」

お母さんがそう言うと、笑い声が生まれた。そこからは元のザワザワした雰囲気《ふんいき》へと戻っていく。

ホッとしてコーラを飲むと、炭酸が喉《のど》に気持ちいい。

お母さんが「やるじゃない」と小皿に盛られた里芋の煮つけを置いた。

「実緒がこんなにはっきり自分の意見を言える子に育ったなんてね。お母さんびっくりしちゃった。今日だって助け船を何艘《そう》も出さなくちゃって覚悟してたのに必要なかったわね」

「……うん。少しずつ言葉にできるようになってきたかも……」

なんだか照れくさい。お箸《はし》を手にする私に、お母さんはクスクス笑った。

「実緒は昔から周りに気を遣って合わせちゃうところがあったじゃない。そういうところ、お父さんにそっくりだった。だから、うれしい」

「ていうか、お父さんは？」

店内にお父さんの姿がないことに、そのとき初めて気づいた。

「寝てるわよ。弱いんだから飲まなきゃいいのに」

天井を見あげるお母さん。おそらく二階でお父さんは酔いつぶれているのだろう。

「本当にうちってヘンな家族」

「形が変わったからこそ安定することもあるのよ」

ふふ、とほほ笑むお母さんを見ていてふと思った。

「お母さんはお父さんのことが好きなの？」

「え？　急になによ」

「どういう関係なのかわかんないよ。家にいた頃はあんなにケンカばっかりして憎み合ってたじゃん」

お母さんは考えるように首をかしげる。

「そうねえ……みそ饅頭みたいなものかしら」

「おばあちゃんがさっき食べてたよ」

意味がわからないまま答えると、お母さんは深くうなずいた。

「お母さんがあげたのよ。でね、お父さんとお母さんの今の関係はまさしくあんな感じ。好きっていう皮のなかには、嫌いっていう感情のあんこが入っているの」

「……全然わからないんだけど」

「前はおはぎみたいに、あんこのほうがメインだったのよ。今のほうが好きだけど、食べちゃったらあんこにたどり着くのは目に見えてるから、観察するだけにしてるのよ」

勝手に納得したようにうなずいているけれど、私にはまったく意味不明。

「じゃあ、恋ってなに？　誰かのことを好きになるってどういうこと？」

頭にある翔太を早く追い出したい。果菜派に囲まれている今は、なおさら強く願う。

「好きになるってことは、相手の嫌いなところも含めて認めることじゃないかしら」

つぶやいた次の瞬間、「やだ！」とお母さんが急に大きな声を出した。

「実緒と恋愛話をするなんて恥ずかしいわよ！」

「ちょ、声が大きいって」

「あーやだやだ。この話はおしまい！　もうあんたは帰りなさい」

文句を言う私を置いて、お母さんは氷のセットを持ってボックス席へ行ってしまった。

言うだけ言ってひどい……。でも、そう考えると翔太への気持ちは恋じゃない気がした。いろんな誤解がクリアになってホッとしているだけなのかも。

果菜の気持ちもあるし、勝手に暴走するのは止めなくちゃ。

「なになに」と果菜パパが目を光らせた。

「実緒ちゃんは恋をしてるのか？」

「ひょっとして翔太じゃないの？　ふたりはウワサの仲だからね」

伊藤さんも悪ノリしてくる。やっと冷静になれたところなのに困ってしまう。

「もう、ヘンなこと言わないでよね。全然違うから」

笑いながら否定した。そうだよ、この気持ちは恋じゃなかったんだ。

「でもなあ」と、果菜パパがグラスをあおった。

「悪いこと言わないから、翔太はやめたほうがいい」

ひょっとして果菜が翔太を好きなことを知ってるのかな……。

「だから……そういうのじゃないって」

「わかってるけど、一応言っておくよ」

「一応聞くけど、それってなんで?」

意味もなくグラスを手に持ち、そして放した。場の空気が重く感じたのは、果菜パパの周りのみんなも同じ意見であるかのようにうなずいていたから。

「翔太んとこは店をやめただろ? 俺たちにとっては裏切り者の家族なんだよ」

「え……?」

「そりゃ、事情があるのは知ってるさ。赤字の店を続けろとまでは言わない。だけど、やめたことに変わりはない。だよな?」

「そうそう。店をたたむときも相談すらなかったし」

普段はやさしい伊藤さんまでそんなことを言うから驚いてしまう。

「翔太はいいヤツだよ。でも、いつか店を再開したいから観光協会にいさせてくれ、って言うから仕方なく許可した。それなのに、今じゃ映画のメークイン動画に夢中になってる」

「それを言うなら、メイキング動画だろうが」

誰かがそう言い、どっと場が沸いた。けれど……私は笑えない。

「学校も遅刻してきたり、休んだりもしてるって聞くよ」

また誰かが言い、「へえ」という声が口々にあがる。

気づけば視線がカウンターに落ちていた。手のひらが湿っぽいのは、さっき触ったグラスのせい？　それとも汗をかいているから？

「……うちだって、おじいちゃんの代で印鑑屋、やめたよ」

明るい声で言いたかったのに、最後のほうは聞こえないくらいの小声になってしまう。

「そりゃあ全然違うて。師匠は最後までしっかり店を経営し、おじさんに代替わりしてくれた。バトンはちゃんと渡っている」

果菜パパが自慢げに胸を反らした。

「翔太んとこはバトンは宙ぶらりんのまま。そもそも、翔太にケーキが作れるんかいね」

「ないない」と誰かの声。一段と大きな笑い声。

カウンターに戻って来たお母さんが、

「なになに、なんの話？」

私に向けた笑みが、一瞬で真顔に変わった。さすがはお母さん、私の様子がおかしいことに気づいてくれたんだ。

状況を読まない果菜パパが、空いたグラスをお母さんに渡した。

「ケーキ屋の話。あそこはもうダメだってこと。あ、お代わりお願い」

まるで自分の陣地から追い出すような言い方に、胸が苦しくなる。カウンターの奥の戸棚に、さっきもらったケーキの箱がぽつんと置いてある。

「なによ……」

気づいたときには低い声が漏《も》れていた。

ギョッとした顔になる果菜パパをまっすぐに見つめた。

「そんな言い方ひどいよ。おじさんだってすごく悩んだんだよ」

「あ、いや……」

「昔からおじさんはケーキを作るのが好きだった。新作を考えては試食させてくれて……だから、店をたたむときはみんなが思うよりももっと苦しかったし悲しかったんだよ」

一度こぼれた言葉はもう戻らない。それでも、またお腹《なか》のなかにモヤモヤが次々に生まれてくる。

「翔太の夢はケーキ屋を再開すること。だけど、今は三ヶ日町を盛りあげたい、ってがんばってるの。今日だってさっきまでおじさんとふたりでケーキを作ってたんだよ。シフォンケーキって知ってる？　あれ、すごく難しいんだから！」

ああ、わけがわからないことを言ってる。

みんなの視線を感じながら、椅子《いす》から降りた。

「観光協会が三ヶ日町を知ってもらうためのものなら、なんでおじさんをサポートしないの？　なんで、私の送迎に駆り出すの？　翔太ががんばってるからこそ、動画がバズったんだよね。そういうことは置いておいて、なんでそんなひどいことを言えるのよ！」

しん、とする店内が涙でゆがんで見える。

なんにも知らないのに好き勝手言うなんて、動画にひどいコメントを書きこむ人と変わらない。ひどすぎるよ……。

「実緒、座りなさい」

お母さんの声に首を横に振る。

「もう……帰る」

「今帰ったら、せっかくの主張が台無しよ。それから、田中さん」

「はい！」

背筋を伸ばす果菜パパの前に、お母さんは受け取ったグラスを空のまま戻した。

「ちょっと飲みすぎだからここまでにしときましょう」

「……はい」

「うちの娘が失礼なことを言ってすみませんでした。でも、ほとんどの主張は正しいように思えたけど？」

バツの悪そうな顔で果菜パパは首を垂れた。

「こっちこそ、すみません」

「よろしい。じゃあ、ちょっと実緒に説教したいからお開きにしましょう。ツケにしておきますから」

にっこりと笑うお母さんは、怒ったときにだけ敬語を使う。みんなもわかっているのだろう、ゾロゾロと出入り口へと移動をはじめた。

「実緒ちゃんごめんね」「ごめん」

周りの声に首を横に振り、椅子に座り直した。

誰もいなくなると、お母さんは看板のライトを消し、私の前に新しいグラスをふたつ置いた。出入り口のカギを閉めると、お母さんは伊藤さんが座っていた椅子に腰をおろした。

説教タイムがはじまることを覚悟した。

「ごめんね。お客さん、帰すことになっちゃった……」

「いいのいいの。お母さんの説教を聞きたくてみんな来るんだから。どうせあの人たち、明日にでもまた来るわよ」

ペットボトルのウーロン茶をふたりぶん注いだあと、お母さんはクスクス笑った。

「まさか実緒があんなふうに怒るなんてね」

「……ごめん」

「あら、お母さん褒めてるのよ」

え、と顔を見ると、たしかにニコニコ笑っている。

「だって今日だけで新しい実緒をたくさん見られたもの。養成講座に意見する実緒でしょ。そして、ブチ切れる実緒」

「それって褒めてないし……」

「褒めてるってば」そう言ってから、お母さんは私の顔を覗《のぞ》きこんだ。

「昔はそうじゃなかったから」

「昔？」

「お父さんとお母さんが離婚することになったとき。実緒は言いたいことがたくさんあるのに、なんにも言えなかったでしょう？　どっちの家に住みたいかを聞いても、どっちつかずだったし」

　ああ、お母さんもあの頃のことを覚えていてくれたんだ……。ふたりが離婚することはなんとなくわかっていた。

　ケンカばかりのふたりの間でオロオロして、どちらの機嫌もよくすることだけを考えていた日々。自分の意見なんてものはなく、ただただ平和な毎日に戻ることだけを考えていた。

「言いたいことを言えなくなったのは、お母さんのせいでもありお父さんのせい。そして、おばあちゃんのせいもあると思うの。だけど、今日の実緒はかっこよかったよ。ほら、カンパイ」

グラスを持ちあげたお母さん。カチンとグラスを鳴らせば、苦しかった日々がやさしい色に変わる気がした。

ウーロン茶を飲んだお母さんが、「でもね」と続けた。

「さっきみたいに感情的に主張するのはやめたほうがいいわよ。本当に伝えたいことは、大きな声や乱暴な言い方では伝わらないから。心の声は、やさしい言葉で伝えたほうが相手に届くから」

「……うん。気をつける」

お母さんの言う通りだ。今度、観光協会の人たちに謝らないと……。果菜パパには特に。

「で、なになに？　翔太のことが好きって本当なの？」

「さっきは恋愛話なんてしたくない、って言ってたくせに」

「翔太が相手なら話は別よ」

どういうふうに別なのかわからないけれど、最初に聞いたのは自分だ。

「翔太のことなんて好きじゃないもん。そういう感覚、この間まではなかったし」

「じゃあ、今はあるってことね」

「言葉尻を捉《とら》えないでよ。好きじゃないってば。そもそも、翔太を好きな子だっているし」

「果菜ちゃんよね」

間髪容《かんはつい》れずに言うお母さん。前から知っていたことを思い出し、わずかにうなずいた。

「果菜ちゃんが翔太を好きな気持ち、あれはイミテーションね」

「……イミテーション？」

宙をにらんだお母さんがウーロン茶で唇を湿らせた。

「先週だったかな。三ヶ日製菓さんに行ったときに会ったの。そのときに『翔太にするかリョウさんにするかで迷ってる』って悩んでたわ」

「ああ……」

誰にでも相談するなんて、いかにも果菜らしい。

「恋ってね、どっちかで迷うならそれは本物じゃないの。本当に好きになったら、なにをしてても考えちゃうし、誰かを傷つけたってかまわないって思っちゃうの。同じことを果菜ちゃんにアドバイスしたら『やっぱりそうかー』なんて笑ってたわよ。恋していることを楽しんでいるんだって」

そう言ったあと、お母さんはあごに人差し指を当てた。

「ひとつアドバイスをするならね、翔太のことを好きになる可能性が少しでもあるなら、本気になる前に友だちには正直に相談したほうがいいわよ。女同士の恨みつらみはすごいんだから」

「だから好きじゃないって」

さっき自分の気持ちを否定して、やっと翔太のことを頭から追い出したところなのに……。

反論も聞かず、お母さんはグラスの片づけをはじめてしまう。

すっきりと新たなモヤモヤが混在している。そんな夜だった。


グラニーズバーガーは、三ヶ日駅の駅舎内にあるハンバーガーショップだ。

土曜日と日曜日、そして祝日だけ開いているお店で、営業時間はいつもこみ合っている。

約束の時間に遅れて来た果菜は、オーダーを済ませると私のいるテラス席へやって来た。

「遅れてごめん。パパからお金もらうのに時間かかっちゃってさ」

ひまわり色のワンピースが梅雨《つゆ》の晴れ間の空によく似合っている。いつもより薄いメイクで、年齢相応の魅力を引き出している気がした。

「いいけど、嫌だな」

「なによそれ」

目を丸くした果菜に「だって」とスマホのメールを見る。

「今さら追加撮影、って言われてもすごく困る」

「しょうがないじゃない。あたしたちの動画がバズってるんだし、監督としたら別のシーンでも使いたいって考えるのは当然のことじゃない」

助監督の幸谷《こうたに》さんからメールが届いたのは、数日前のこと。追加で撮影したいので打ち合わせをしたいとのことだった。

「こないだのシーンよりもきっと大きく映してくれるんだよ。台詞《せりふ》があると最高なんだけどな」

うれしそうに祈るようなポーズで、果菜は両指をテーブルの上で組んだ。

「果菜の夢がかなうんだもんね」

「これは単なる最初の一歩。ここからあたしの女優への道が開かれていくんだから。思い返せば今から十二年前、児童劇団に入団したあたしは――」

「お待たせいたしました」

タイミングよく（果菜にとっては悪く）、飲み物だけ先に運ばれてきた。

スタッフが去るのを待って、果菜はこれまでの苦労話を最初に教えてくれたときよりも確実にオーバーに披露した。

三ヶ日みかんサイダーを飲みつつ話を聞いている間に、フードも到着した。私は三ヶ日牛《ぎゅう》クラシックバーガーで、果菜はポテトだけ。果菜パパからもらったお金を少しでも貯金に回そうという作戦なのだろう。

「リョウさんがね――」

ハンバーガーにかぶりつこうとする瞬間に出た名前に手と口を止めた。

「卒業まで待たずに東京で芸能界を目指したほうがいいんじゃないか、って。向こうの高校の情報を調べてくれててね」

バーガー越しの果菜は、ぽわんと宙を眺めている。

「え……リョウさんとふたりで会ってるの？」

恐る恐る尋ねると、果菜はブッと噴き出した。

「まさか。撮影現場に押しかけて、空き時間に相談に乗ってもらってるの。誰かさんみたいに動画でも撮られたりしたら、あたしの夢が途絶えちゃうし」

ミツキさんとのケンカの動画を指して言っているのだろう。まさかふたりでドライブしたことは知らないよね……？

「ひどい。あれは不可抗力だったし」

果菜のポテトを奪ってやった。同じように果菜も私のピクルスをひょいとつまんできた。

「今のは冗談だけど、でも……あたし、本気なんだよ」

「うん。知ってるよ」

「リョウさん、あたしの演技も何度か見てくれてるの。すごいんだよ。足りないところを的確に教えてくれててさ。あたしも真剣に取り組まないとダメだって思ったの」

こんなにやさしい声で話す果菜は初めて見た。心の声はやさしい声のほうが伝わる。お母さんが言っていたことをリアルに体験しているみたい。

「恋とか愛とかはナシにして、女優になれるようがんばるから応援してよね」

「もちろん」

「翔太のことは、実緒に譲るからさ」

「うん」

いや、待って。ハッと顔をあげた私をニヤニヤと果菜は見返している。

「違う。そういうんじゃないんだって！」

心の声なんて考えている場合じゃない。大きな声に、隣のテーブルに座るカップルがいぶかしげに視線を向けてきた。

「恋かどうかがまだわかんないんでしょう？　わかるよ、あたしも昔はそうだったから」

ヘンな沈黙が訪れた。果菜は私の言葉を待つようにポテトをつまんだまま動かない。

「あの、ね……」

弱気な声で否定してもきっと信じてもらえない。それに、果菜には本当のことを言わなくちゃ……。

「まだ……わからないの。その日によって気持ちが変わるの。好きかもしれないけど、好きじゃない。そんな感じなの」

「うん」

「果菜にはちゃんと話をしたほうがいいと思ってた。だけど、自分の気持ちがわからなくて……。ごめん」

うつむく私を覗きこんでくる果菜は、さみしそうに笑みを浮かべていた。

「いいよ。ちゃんと伝わったから」

「恋なんてしたくない。今のままで翔太とは仲良くしていたい。だから……もし本気になったら果菜に相談する。ううん、相談させて」

「もちろん」

そう言うと、果菜は私の三ヶ日みかんサイダーを奪った。

「やっと実緒の気持ちが聞けてうれしい。お互いにいろいろあるけど、がんばろうね」

「うん」

「食べないんならもらうけど？」

バーガーまで奪おうとする友だちに、「あげない」とトレーごと保護する。

おかしそうに笑う果菜は、もうとっくに未来に視線を向けている。それが誇らしくて、少しだけさみしかった。

撮影隊が寝泊まりしている旅館、琴水《きんすい》の二階にあるロビーで、大日向《おおひなた》さんはスタッフと打ち合わせを続けている。

不精《ぶしょう》ひげと言うには育ちすぎたひげに拳《こぶし》を押し当て、難しそうな顔で指示を出していた。

ロビーと名前がついているが、八畳くらいの広さしかないので、出入りするたくさんのスタッフたちの邪魔にならないよう、私と果菜はいちばん奥にあるソファに身を寄せ合っている。

大きなガラスの向こうには浜名湖《はまなこ》が今日も青く光っている。

「おっす」

声に顔をあげると、いつの間にか翔太がいた。

「梅雨なのに翔太の肌、めっちゃ焼けてるねぇ」

私よりも先に果菜が言った。

「晴れ間を狙っては撮影に繰り出してるからな」

この間の一件以来、私の撮影はやめたらしく、翔太は窓からの風景を撮影している。スマホを構えている腕、あんなにたくましかったっけ……？　焼けた肌も短く切った髪も、前に会ったときとは違う人のように思えた。

意識していることに気づき視線を落とした。

今日は『好き』のほうに気持ちが傾いているみたい。自然に振る舞わないとバレてしまいそう……。

「実緒は大丈夫？　公開前ってのに、最近は主役ふたりの追っかけの子たちが見学に来てるだろ？　なんか言われたりしてない？」

　スマホを構えたまま尋ねる翔太にぎこちなくうなずく。

「追っかけっぽい子、いるね。今のところ声をかけられたりはしてないよ」

「映画会社にはユーチューバーを名乗る人から、実緒と果菜にゲストに出てほしいって話は来てるみたい。そっこう断ったみたいだけど」

「えー。あたし出たかったのに」

　不満そうに果菜が口にしたとたん、

「待たせたね」

　疲れた顔の大日向さんがやっと私たちの近くに来た。Tシャツはヨレヨレで、目の下のクマがひどい。

「全然待たされてません。どうぞよろしくお願いいたします」

　深々と頭を下げたのは、もちろん果菜のほう。私は気持ち程度にしておいた。

「いよいよ撮影も大詰めでね。編集作業も同時進行だから大変なんだよ。今からでも監督を降りたいくらいだ」

「それは困ります。栄養ドリンク買ってきます、っていつも言ってるじゃないですか」

「そりゃありがたいが、俺の金で買ってくるんだろ？」

「もちろんです」

すっかり顔なじみなのだろう、大日向さんはニヤリと果菜に笑ったあと、翔太に視線を向けた。

「悪いけど、席を外してもらえる？」

「はい」

「このあと浜名湖パラグライダースクールで風景撮影する予定だから、先に行っておいて」

うなずいた翔太が、私の前に立ち「それではわたくし、行ってまいります」と仰々《ぎょうぎょう》しく頭を下げてから出て行った。

大日向さんはソファの上であぐらをかくと、「で」と言った。

「今日呼んだのは、君たちそれぞれに追加シーンへの出演を依頼したいと思ってね」

大日向さんがめくる台本はボロボロで、すべてのページに赤ペンでなにやら書かれている。

「あたしと実緒は一緒のシーンじゃないんですか？」

私の聞きたいことを果菜が尋ねてくれた。

「果菜ちゃんにはリョウと、実緒ちゃんにはミツキと。それぞれのラストシーン直前くらいでからんでほしい。あ、いやらしい意味じゃないからな」

「やだ、監督！　わかってますよ」

ケラケラと笑う果菜を不思議な気持ちで見る。どうして私がミツキさんと……？

「台詞も用意した。シーン的にはこんな感じ。ただ、このシーンを確実に使うかはまだわからない」

果菜は渡された台本を食い入るように読みはじめた。横から覗きこんでみたけれど、赤ペンで書き足した乱雑な文字は解読不可能なレベルだ。

しばらく見つめたあと、果菜は台本を大事そうに胸に抱えた。

「こんなすばらしいシーンに出演させてもらえてうれしいです。全力で、ううん、大全力でがんばります！」

「ああ、頼むよ。この撮影は今月中におこなう予定でね。ひょっとしたら学校を休んでもらうことになるかもしれない」

「平気です」

真剣にうなずく果菜の瞳に涙が浮かんでいる。一緒によろこんであげたいけれど、それよりも自分の出演シーンが気になる。

大日向さんは腕を組んだ。

「問題は実緒ちゃんだ。幸谷」

「はい！」

いつの間にそばにいたのか、幸谷さんが監督のそばで片膝《ひざ》をついた。

「ミツキは？」

「ダメっす。聞く耳を持ちません」

「そうか……」

眉間《みけん》にしわを寄せる大日向さんを見て、胸に希望の光が灯《とも》るのを感じた。おそらく私の出演シーンにミツキさんが反対をしているのだろう。いや、反対してくれているのだろう。

「あの……私、出なくても構いません」

「ちょっと実緒。ダメよ、監督がせっかく誘ってくれてるんだから」

裏切り者と化した友にガッカリしながら大日向さんを見つめた。ここで流れに乗ってしまったら、きっとまた嫌な気持ちになるだけ。

ちゃんと言おう、と自分を奮《ふる》い立たせる。

「果菜だけを使ってあげてください。私は出演したくないんです」

「なるほど」

答えを予期していたのだろう、大日向さんは立ちあがった。

勇気を出して言ってよかった。ホッと息を吐いていると、

「ちょっとついてきて」

大日向さんはロビーを出て、上へ続く階段をのぼりはじめた。

「え……」

「大事な話がある。果菜ちゃんは幸谷と流れを打ち合わせしてくれるかな」

「はい！　実緒、行ってらっしゃい」

にこやかに見送る果菜に苦い顔を見せても、撮影のことで頭がいっぱいになっているのだろう。すぐに幸谷さんと打ち合わせをはじめてしまう。

大日向さんのあとにつき、トボトボと狭い階段をのぼる。

「この旅館は造りが複雑でそれがおもしろい。過去には作家や監督が長期滞在したのも納得できる。滞在するごとに創作意欲がわく気がする」

「はい」

「俺もいずれ、ここに滞在した監督として名を残すことになる」

どこまで本気で言っているのかわからないけれど、今はそれどころじゃない。なんとしてでもこれ以上、撮影に関わらないようにしたい。

スタッフとすれ違いながら、最上階の部屋に到着した。機械のチェックをしていた最後のひとりも、私たちに気づくと慌てて階段をおりていった。

先日、エキストラの出番を待っていた長廊下に座布団を敷くと、大日向さんは「よいしょ」と口にして腰をおろした。少し離れて私も座る。

窓ガラスからはさっきよりも大きな浜名湖、そして青空が一望できる。

ここで最初のエキストラとしての出演を待っていた。あのときに逃げ出しておけば、動画がアップされバズることもなかっただろう。

ううん、それじゃあ果菜に申し訳ない。

「ミツキが反対してる」

大日向さんが視線を外に向けたまま、まぶしそうに目を細めた。

「……はい」

「君からミツキを説得してもらいたい」

「は？」

思いもよらない提案に失礼な言葉で聞き返してしまった。

「なんで私がしなくちゃいけないんですか？　そもそも、説得するのにいちばん向いていない相手です。私が説得しても怒らせるだけです」

「なら、エキストラとしての話はなしだ」

「やりたくないって最初から言ってますよね？　両方とも果菜に出演してもらってください」

「いや、君がミツキを説得できないなら、果菜ちゃんのシーンもすべてカットすることになる」

そこまで言うと、大日向さんはやっと私に顔を向けた。

「つまり、果菜ちゃんが映画に出られるかどうかは君にかかっている」

小ばかにしたような顔に、静かな怒りが体の底で燃えるのがわかった。

「私を……脅しているんですか？」

「どう取られても構わない。前にも言ったが、俺はこの映画に全力を注いでいる。この町の良い面も悪い面も知っているのは俺だけだし、美しい映画を撮っているという自負もある。映画の成功のためなら泥まみれになったって構わない。どんなことでもやると決めている」

まっすぐに射るように見てくる大日向さん。彼もまた本気なんだ……。

「ミツキは演技力だけで集客できると思っているらしいが、あいつにそんな実力はない。子役時代ならともかく、人気が下り坂なのは違いないから」

「そんなひどいこと、よく言えますね」

「芸能界で生きている以上、仕方のない事実だ。そもそもこの映画は予算が少なすぎる。俳優だってリョウがいるからマシなものの、あとはピークを過ぎた役者ばかり。宣伝に割いている予算だって、あまりにも少ない。このままいくと興行収入が赤字になるのは目に見えているし、円盤化することすら怪しい」

「円盤化？」

「ＤＶＤとかになること」

淡々と話す大日向さんは、まるで映画に憑《と》りつかれた怪物のよう。

「君の動画がバズったことで、この映画は注目されているんだ。だとしたら、ちゃんと実緒ちゃんのことを観客にも認識してもらわないといけない。そのためにもミツキと共演してもらいたい」

「私には関係のないことです」

映画を招致することでみんなが一丸《いちがん》となれると思っていた。実際は、観光協会の人ともおかしな雰囲気になっているし、翔太との関係だって同じだ。

この映画が私を取り巻く環境をがらりと変えてしまったんだ……。

「関係あるさ。このままだと翔太の店は再開できない」

ちょうど翔太のことを考えていたから驚いてしまった。

「……翔太の店がどう関係してくるんですか？」

もったいつけるように、大日向さんはたっぷり間を取ってから意地悪く笑みを浮かべた。

「翔太が話してくれたよ。あいつはおやじさんが閉店してしまったケーキ屋の再開が夢なんだろ？　メイキングの動画のおかげで映画は世間から注目されている。恩はあるが、まだ足りない」

言っていることがまったく理解できない。

「君が出演してくれたなら、俺たちは翔太の店の再開に向けて協力するつもりだ」

「協力って……具体的にはなにをするんですか？」

予想外の返答に思考が追いつかない。あごに手を当てると、大日向さんは「実は」と切り出した。

「君が転んだシーンをアクリルスタンドやバッジなんかにして公式グッズにする案が進んでいる。もちろん撮影者である翔太には版権……ひとつ売れるたびに収入が入るようにするつもり。その条件はただひとつ、君が映画に出演することだ。動画だって再生回数が伸びれば、翔太の収入になる」

「どうしてそこまで私に固執するんですか？　もう十分じゃないですか」

恐怖に似た感情がこみあがってくる。だけど、ここで負けたくない。

「勘違いするな。君の演技がすごいわけじゃないし、女優に向いているわけでもない。ただの一般人がバズった。それを利用したいだけだ」

静かな声は大日向さんの本音が表れている。

「映画の公開は八月。君の転倒、そしてミツキとのケンカ。このふたつじゃ公開まで引っ張ることはできないんだよ。だからこそ、あのエキストラがほかのシーンにも抜擢《ばってき》された、というニュースが必要だ」

映画のことしか頭にない大日向さんは、これまでもこうやって生きてきたのだろう。罪悪感なんて微塵《みじん》も感じていない顔をしている。

「この映画の未来は君の決断にかかっている。今夜、スタッフに家まで迎えに行かせるから、ミツキに会って説得してこい」

命令口調で言ったあと大日向さんが立ちあがった。

「説得に失敗したら、映画も翔太も果菜ちゃんの夢も消えることになる。詳しくは幸谷に聞いてくれ」

もう私を気にすることなく階段をおりていってしまった。

説得できなかったら私が翔太の夢をつぶしてしまうことになる……。

それだけじゃない、果菜の出演もなくなってしまう。反面では、ミツキさんとの交渉に失敗すれば出演しなくて済むという気持ちもある。どっちにしても、私はスッキリしないだろう。

「はあ……」

重いため息がこぼれ落ちた。映画が町に来ることで、こんなに自分が追いつめられることになるなんて思ってもいなかった。

きしむ音に顔を向けると、

「よお」

さっき出かけたはずの翔太が階段をのぼってきた。ふいに泣きたい気持ちが胸にこみあがってくる。

「あ……どうしたの？」

なんでもないような口調を意識して尋ねた。

「いやあ、ペンがどっか行っちゃってさ」

「ペンがないとダメなの？」

「いや」と言いながら翔太があたりを探したあと、なぜか私のバッグに目をやった。

「そういえば、さっきお辞儀《じぎ》したときに落ちたのかも。バッグのなか見てくんない？」

「いや、それはないいんじゃない？」

言いつつなかを見ると、私の物ではない太いペンがハンカチの上にあった。メタリックブルーの高級そうなボールペンだった。

「やっぱりそこにあったか」

「ごめん。気づかなかった」

「なんで実緒が謝るんだよ。俺が勝手に落としたんだし」

そう言ったあと、翔太は床に足を投げ出して座った。

撮影に行かなくてもいいのかな……。だけど、翔太がいてくれてホッとしている自分もいる。

しばらく沈黙したあと、

「監督になにか言われた？」

翔太はペンを大事そうに持ちながら尋ねた。

「……ミツキさんのシーンに出てほしいって。台詞もあるみたい」

「やっぱりな、そんなことだと思ったよ。で、断るんだろ？」

当たり前のように言う翔太に、しばらく迷ってから首を横に振った。

「受けるつもり」

「なんで？　あんなに拒否してたくせに」

あなたのためです、とも言えず首をかしげてみせた。

「気が変わったの。でも、ミツキさんが嫌がってるみたいでね。説得しなきゃいけないんだよね」

「ああ、じゃあムリだ。あの人、かなり頑固だから」

「それはわかる気がする」

そう言ってから私たちはクスクスと笑い合った。もし私が出演することで、果菜も翔太にも恩恵があるのなら、やるしかないよね……。

「じゃ、俺行くわ」

「うん」

立ちあがったあと、翔太はなにか言いたげに口をゆがめた。が、すぐに階段を駆け下りて行った。

「あ……そっか」

ようやくわかった。翔太はわざとバッグにペンを落として、様子を見に来てくれたんだ。

やさしい翔太のしそうなことだ。

きっと、翔太は私が出演を断ったとしても責めたりはしないだろう。果菜も最初は怒るだろうけど、『自分の力で有名になるからいい』と許してくれそう。

素直な心で自分の心を覗いてみると、みんなの夢を守りたいという気持ちが存在していた。夢のない私だからこそ、夢を持つみんなを応援したかった。

……たとえ本意ではないとしても。

とにかくミツキさんに会うしかない。説得できる可能性はほとんどないけれど、みんなのために会うしかないんだ。

「みんなのため、って思うくらいなら出演しないほうがいいだら」

私の話を聞くと、おばあちゃんはすぐにそう答えた。

「私の話、聞いてた？」

「耳は遠くないからね。実緒が映画に出たくないなら、断ればいいだけの話だら」

テーブルには三ヶ日みかん饅頭とグラニーズバーガー、そしてコーラが置いてある。甘味と塩味を交互に食べ、コーラで流しこむのがおばあちゃんのスタイルだ。

ぶすっと頬《ほお》を膨《ふく》らませてから麦茶をちびちびと飲む。やっぱり相談する人を間違えたのかもしれない。

「私だって出たくないよ。でも、私が出ないとみんなに迷惑をかけちゃうから」

「みんな、って誰のこと？」

「翔太に果菜でしょ。観光協会の人にだって怒られるだろうし、製作実行委員会の人も。監督や映画スタッフだってそうだし……」

グラニーズバーガーと格闘しながら聞いていたおばあちゃんが、

「しょんもない」

と言い捨てた。ソースが鼻の頭についている。

「しょうがなくないよ。こう見えてすごく悩んでるんだからね」

ティッシュを箱ごと渡すと二枚抜き取り口の周りを拭いている。いや、そこじゃない。

「そういう悩みがしょんもない、って言ってるんやて。誰かのために犠牲になるなんて、実緒はいつの時代の人間や。おばあちゃんなら、絶対に出ないね」

おばあちゃんはいいよ。いつも自分が主体で、やりたいことだけをやっているから。九十歳を過ぎても元気なのはきっと、ストレスを排除して生きてきたからだろう。

私にはできない。特に翔太と果菜を裏切ってしまったら、一生後悔するのは目に見えている。ううん、出演することを自分で決めたのだからがんばらないと。

「みんなの夢を守りたいからがんばる。それじゃダメなの？」

三ヶ日みかん饅頭を口に運んだおばあちゃんがわざとらしくため息をついた。

「そう思うなら、考え方を変えなさい。今のままの考えじゃ、そのイッキって女優も納得しないよ」

「ミツキさん、だよ」

訂正《ていせい》すると、おばあちゃんは思いっきり苦い顔を浮かべた。

「ミツキでもイツキでもいいがね。とにかく、我慢するとか迷惑をかけるとか、受け身で行動するよりも、自分で決めた答えなら全力でがんばることが大切やて」

言っていることはわかる。でも、どう全力でがんばればいいのだろう。

がんばろうと思った気持ちが風船のようにしぼんでいく。悩みがあるときはいつだって、炭酸の音がやけに近くで聞こえる。シュワシュワと、私を責めるように。

「昔ね」おばあちゃんがようやく鼻の頭をティッシュで拭《ぬぐ》った。

「家族が壊れたときのこと、覚えてるだら？　おばあちゃんとお母さんが険悪になって、お父さんは間でどっちつかずで実緒はオロオロしとった」

忘れたい記憶なのに、なんでその話をするんだろう……。

「うちの家族はみんな自分勝手で、思った通り行動してる。だけど、誰もそのことに後悔なんてしない。今じゃ、前よりもいい関係になっている」

「うん」

「でも、そのせいで実緒には我慢ばかりさせたね」

え、と顔をあげると、おばあちゃんは目じりのシワを深くしてほほ笑んでいた。

「実緒が周りのことばかり気にかけるのは、おそらくおばあちゃんたちが原因なんやて。そのことはみんな、申し訳ないって思ってるんだよ」

あの頃は自分でもどうしていいのかわからなかった。どうにかしてみんなの仲を取り持ちたくて、だけどできなくて……。

「物事はそれぞれの側面で観察すれば、同じ数だけの正義がある。でも、いちばん大切なのは実緒がどう思うかってこと」

「自分がどう思ってるのかなんてわからないよ……」

みんなの夢を守りたい、って思うのは本当のこと。一方、映画に出て目立つのは嫌な自分もいる。

グラニーズバーガーを食べ終わると、おばあちゃんはビールでも飲むようにコーラをあおった。

「実緒はいつだってひとりで考えて結論を出しているからね。そういうときは、仲の良い翔太たちじゃなく、対極にいる人と話をしてみるといい」

「対極？」

意味がわからずにぽかんとする私に、おばあちゃんはふんと鼻から息を吐いた。

「おばあちゃんの場合、お母さんに相談したけどね」

「お母さんに？」

「そう。お母さんなりの正義ってやらを聞かせてもらったんやて。お互いに譲れんとこは理解して、今では友好的な関係になった。内緒にしてたけど、夜中に家を抜け出してお母さんのお店に飲みに行くこともある。タッパーを返してもらわんといかんからねえ」

「え⁉　全然知らなかった」

　言われて気づいた。突き出しの料理を届けることはあっても、入れていたタッパーを持ち帰ったことはない。てっきりお父さんが持ち帰ってくれていると思っていたけれど違ったんだ。

　知らないことってたくさんあるんだな……。

「今の感情をそのままイツキって子にぶつけてごらん。跳ね返ってくる感情を分析すれば、自分の本当の気持ちがわかるから」

　ミツキだと訂正するのをやめ、言われたことを頭で整理する。

　たしかに友だちに相談すれば、みんな私を気遣うことは目に見えている。翔太も果菜もきっと『出なくていいよ』と最後には言ってくれるだろう。

　それではダメだと思った。

　自分を知るためにもちゃんとミツキさんに話をしよう。

　決意を胸に抱く私に、おばあちゃんは壮大なゲップをかました。

家には助監督の幸谷さんが軽自動車で迎えに来てくれた。

隣に座るのもヘンなので、後部座席に乗りこんだ。

「夜なのにすみません。いやぁ、撮影が押しちゃいまして」

「大丈夫です」

ふたりきりで話をするのは初めてかもしれない。いつも忙しく走り回っている印象しかない幸谷さんは、あいかわらずシャツのポケットやズボンにたくさんの道具を入れていて運転しづらそう。

「どこでミツキさんに会うんですか？」

「サンマリノという喫茶店《きっさてん》です。今、そこで待っててもらってます」

サンマリノは寸座駅《すんざえき》という無人駅から歩いて五分ほどのところにある喫茶店だ。遠い昔、一度だけ家族全員で行ったことがある。

「売り切れてないようだったらジャンボプリンを食べてください。おススメですよ。あとはホットケーキも人気なんです。もちろん制作会社の経費でまかないますから」

「詳しいんですね」

ルームミラー越しに目が合うと、幸谷さんは人懐っこい笑みを浮かべた。

「大日向監督と同じで、実は僕もこのあたりの出身なんですよ。小学生のときはサンマリノによく行ってました」

「え、そうなんですか？」

「監督になる夢があきらめられず、家出同然で東京に行ったもんでいまだに実家には顔を出せていませんけどね。親からは『息子は死んだと思ってる』なんて言われています」

悲惨《ひさん》なことを明るく話す幸谷さん。どう答えるのが正解なのか言葉を選べない。外灯が乏しくなり、もう幸谷さんがどんな表情をしているのかもわからなくなった。

「実緒さんは、すっかり有名人ですね。そのせいで迷惑かけてすみません」

「ミツキさんとケンカしている動画を撮影したのって幸谷さんですよね？」

「ヤバい」

隠れるように体を小さくすぼめる幸谷さんに笑ってしまう。

「編集をしているのも幸谷さん。でも、大日向さんに指示されてやったんですよね」

「申し訳ないです。大日向監督も悪い人じゃないんですよ。すごい才能を持っていますし、彼の作品は尊敬に値《あたい》します。でも、よい作品がすべてヒットするかと聞かれると、残念ながら違うんです」

「いかに注目されるか、ですよね」

「です」と幸谷さんはうなずいた。

「露出――宣伝とかコラボとかを駆使して、いかに人の目に触れるかが重要なんです。そういう意味では、実緒さんの動画がバズったことはありがたいです。少々乱暴な方法だったとは思いますが……」

「正直、すごく迷惑です」

「すみません」

恐縮しまくっている幸谷さんに、素直な気持ちを話せていることに気づいた。これもおばあちゃん効果なのかな……。

なだらかな坂道を車は下っていく。オレンジ色の外灯に照らされている寸座駅は、どこかさみしそうに見えた。

「私はいいんです。いえ、よくないんですが、それよりミツキさんのことが気になります」

動画のコメント欄が削除されたとしても、ＳＮＳではいろいろ書かれているだろう。

「ああ……それは大丈夫じゃないですかね」

急に熱量を失くしたような幸谷さんに戸惑う。

「これまで守ってきたイメージが壊れたしまったんじゃないですか？」

信号で右折してしばらく進むと、暗い道にサンマリノの照明が漏れていた。

私の質問に答えないまま駐車場に車を入れると、幸谷さんはふり向いた。

「僕はここで待っていますから。どうぞよろしくお願いいたします」

「はい」と答え車から降り、入り口へ向かった。道の向こうにあるはずの浜名湖は、暗闇《くらやみ》に消されて見えない。

まるで自分の心のようだ、なんて詩人っぽいことを思いながら店のドアを開けた。

入って左側の窓際のテーブルにミツキさんはいた。私を認めると、プイと横を向いてしまう。長い髪も一緒にふわりと揺れた。

映画の舞台が戦時中のせいか、衣装を着ていないミツキさんを見るのは久しぶりだった。黒いワンピースはオレンジ色の照明にキラキラ輝いていて美しかった。

それほどメイクをしていないのに陶器のように白い肌、長いまつげに潤った唇。当たり前だけど、私とは全然違う。

「なに立ってんのよ。座れば？」

固まってしまう私を一瞥《いちべつ》したミツキさんが、「すみません」と奥に声をかけた。

店主らしき初老の男性がやってきたので、私も慌てて席に着いた。

「アイスコーヒーをいただけますか？」

さっきと全然違うかわいらしい声に魅惑的な笑みを添えて、ミツキさんは注文をした。

「あなたはどうする？」

「え……」

「ジャンボプリンにしたら？　すごく美味《おい》しいって聞いたけど」

「あ、じゃあそれで……」

店主から見れば私たちは仲の良いふたりに見えるだろう。

ミツキさんは店主が厨房《ちゅうぼう》に消えるのを見送ったあと、笑みを消した顔で私を見た。

「あなた、名前なんだっけ？」

「立花《たちばな》実緒です」

口のなかで『たちばなみお』とつぶやくミツキさん。

「毎日いろんな人と会うからわかんなくなっちゃうの。台本覚えるのは得意なんだけど、人に興味がないから覚えられないいんだよね」

「……そう、ですか」

うなずく私にミツキさんは顔をしかめた。

「同い年でしょ。敬語はやめてよ。距離が遠くなっちゃう」

「はい。あ……うん」

「なによ。この間とはキャラが違うじゃない。ケンカしたときの迫力はどこいったのよ」

怒ってるのかと思ったけれど、ミツキさんは困ったように笑みを浮かべている。いや、まだわからない。初対面のときも笑顔で嫌味を言われたんだった。

「あのときはすみませんでした。本当に反省しています」

きちんと頭を下げた。あの日、私が言い返したりしなければ、ケンカの動画もアップされることはなかった。撮影を指示した大日向さんも、カメラを手にした幸谷さんも悪くない。自分の立場を理解していなかった私が悪いのだから。

「あの、さ……」

戸惑ったような声に顔をあげれば、ミツキさんは視線を下げてしまっていた。

「そのことで私も謝らなくちゃいけなくって……」

「……え？」

「お待たせしました」

アイスコーヒーとジャンボプリンが運ばれてきたので、互いに無言になる。

レシートを置いた店主を見送ったあと、私を見つめるミツキさんの瞳は、不安げに揺れていた。

「少しだけ話をしてもいい？」

かわいらしい声でも、強気な声でもなく尋ねるミツキさんにうなずいた。

アイスコーヒーで喉を潤わせてから、

「私、小さい頃から芸能界にいたの」

そうミツキさんは言った。

「あ、うん」

「記憶なんてないのよ。気づいたらみんなが『ミツキちゃん』って呼んでて、まぶしいライトのなかに立ってた。あ、ミツキは芸名で、本名は観月《みつき》さくらって言うの。さくらのほうが芸名っぽいと思うんだけどね。食べたら？」

「え？」

ジャンボプリンを見つめているミツキさんに、慌ててスプーンを手に取った。

「大人相手にニコニコして、小学校にもあまり行けなくって。でも、そういうのが普通だと思ってた。母親は芸能界に執着して、撮影現場では誰よりも口うるさくて、気づけば父親は家を出てた。離婚したことを聞いたのは小学五年生になってから。苗字は変えなかったら気づかなかったんだよね」

ああ、そっか。今、話しているのはミツキさんの本音なんだ。

普段はこういう話し方なんだ、とやっとわかった。

「うちも親が離婚してるの」

そう言うと、ミツキさんは「え？」と瞳を大きくした。

「そうだったんだ……。お互い苦労するね」

「だね」

同じ境遇の人だけがわかりあえることがある。そのときに起きたことや抱いた感情は異なっていても、苦しんできたことをいたわるような気持ちが生まれる。

プリンは手作りの味がした。カラメルが多くてすごく美味しい。おばあちゃんにも食べさせてあげたいな……。

「中学生になるとね……」

そこでミツキさんは言葉を区切った。サラリーマンらしきふたり組が入店してきたからだ。

男性たちが奥の席へ行くのを確認してからミツキさんは続けた。

「目に見えて仕事が減ってきたの。主役の仕事はなくなって、ドラマのわき役ばかりになった。どこへ行っても『元子役』って呼ばれた。今じゃ、昔から続けているCMが少し残っているくらい。だから、今回の主役は本当に久しぶりなの。どうしても成功させたかった」

この仕事に懸けていたのに、エキストラの私が目立ってしまい不愉快な思いをさせてしまった。冷たくされるのは当然だろう。

「だから、あなたを利用した。ごめんなさい」

が、予想に反してミツキさんが謝るから戸惑ってしまう。

「利用って……?」

状況がわからないまま尋ねると、恥じるようにミツキさんは目を伏せた。

「今回、いつもみたいに母親が同伴じゃないんだよ。あの人、東京から離れたくないみたいでね。だから、これまでのミツキのイメージを崩してやろうって思った。つまり、あなたにケンカを売ったのはわざとなの。撮影されていることも最初からわかってたんだよ」

「ひどい。……あっ。そうじゃなくて——」

思わず出た言葉を訂正しようとして、やめた。

正直にミツキさんが向き合ってくれているのなら、私だってそうしたいと思ったから。

「やっぱりひどい。あの動画がアップされることも知ってたってこと？」

「あの監督ならよろこんで使うだろうな、って。結果はバズったし、今では肯定的な意見ばかりなんだよ。冬からは新しい連ドラで、めちゃくちゃ性格の悪い主役を演じることも決まりそうなの」

手の力が抜け、スプーンが器《うつわ》でカチャンと音を立てた。

「実緒ちゃんを利用したことに違いはない。そのせいで悩んでいることも聞いたし、むしろ私よりも目立ったことに腹が立ったのも事実なの。だから、ごめんなさい」

私以上に頭を下げるミツキさんに、

「許さないです」

そう言った。

「ごめんなさい」

「クリームソーダで手を打ちましょう」

パッと顔をあげたミツキさんがうれしそうに笑った。高校生っぽい笑い方に、私もホッとしてしまう。

「実緒ちゃんがいい子でよかった」

「ものわかりがいい子、ってことだよね。でも、それなら最初からそう言ってくれてればよかったのに。あ、まさかこれ撮影してないよね？」

あたりをキョロキョロ見回すが、サラリーマンはなにやら打ち合わせをしているらしくこっちに注意を払っていない。

「大丈夫。そんなことはもうしないから」

「ならいいけど。でも……お仕事がうまくいくならよかった」

「うん」

口元に笑みを浮かべたミツキさん。さっきの笑い方とは違い、どこか無理しているように見えた。

「なにか、まだ悩みがあるとか？」

「……ないよ」

「それってある、って言ってるようなもんだけど」

「え、なんでよ」

不思議だった。昔からの知り合いみたいにミツキさんとしゃべることができている。

しばらくうつむいたあと、ミツキさんは静かに言った。

「恋愛関係？　そういうのでまあ……ちょっとだけ悩んでる」

言い淀《よど》んだようにアイスコーヒーに逃げてから、ミツキさんは観念したように目を閉じた。

「きっとキャラを変えたことで嫌われたと思う。そうだよね、あんな怒り方する人のこと、好きになんてならないよね……。あ、片想いだよ、片想い。でもここのところ、あまりしゃべれてなくってさ」

「それって……楠《くすのき》さんのこと？」

「え、え⁉　私、リョウの名前、言ってないよね」

名前を出したとたん、ミツキさんの顔が真っ赤に染まった。

「だってわかりやすすぎるでしょ」

「あー、うん。そう……なんだよね」

ボソボソとつぶやくミツキさんがなんだかかわいい。

「それっていつから？」

「……二年前」

「どこで出会ったの？」

「ちょっと、リポーターみたいなこと聞くのやめてよね」

身を乗り出す私に、ミツキさんが頬を膨らませた。

「ごめんごめん。でもなんとなくわかる。楠さんって落ち着いてて、ステキだもんね」

芸能人でも恋をするんだな……。人は恋をするとこんなにキラキラすることを知った。

「もうすぐ撮影が終わるでしょう？　そしたらまた会えなくなるんだよね。しょうがないけどさ……」

意味もなくアイスコーヒーをストローで混ぜている姿がいじらしく思えた。きっと中身は私と同じ高校生なんだ……。

「最近はライバルも多いんだよね。リョウって誰にでもやさしいからさ。果菜って子も前まで猛烈にアピールしてたし」

「果菜は大丈夫だよ。今は東京で女優になることに本気だから」

「そうなんだ」

と言ったあと、なぜかミツキさんは私をじとっとした目で見てくる。

「実緒ちゃんだってレンタカーでドライブしたらしいじゃん」

「あ、あれはたまたまだから！」

恨めしい目で見てくるので、両手を横に振って無罪を主張した。

「わかってるよ。そういうことを平気で話してくるリョウに対して勝手に傷ついてるだけ」

「……でも、ミツキさんが恋をしているなんて驚いた。それよりも私に話してくれたことがうれしいな」

ニコニコする私に、ミツキさんはうれしそうに目を細めた。

「恋をしている人同士ならわかりあえると思ったの」

「……え？」

話の展開が読めない。けれどミツキさんは自信ありげに顔を近づけて来た。

「実緒ちゃんは、翔太くんのことが好きなんでしょう？」

その言葉を聞いた瞬間、すごい衝撃が襲った。

コマ送りの動画を見ているみたいに、翔太のいろんな顔が一気に脳裏《のうり》に映し出された。

ありえない、とすぐに否定できないのは、ずっと心のどこかで自覚していたからだ。果菜やお母さんの推測はごまかせたのに、同じように恋をしているミツキさんから言われた言葉は、まるで刃のように胸に突き刺さった。

やっとわかった。好きか好きじゃないかで揺れていたわけじゃない。ただ、認めるのが怖かったんだ。

「私……翔太のことが好き、なんだね？」

「質問しているのは私なんだけど？」

どうしよう。座っているのに全速力で走ったみたいに胸がバクバクしている。

「信じられない。どうして翔太なんだろう。全然わかんないよ」

「まさか気づいてなかったの？」

不思議そうに尋ねるミツキさんに首を横に振った。

「なんとなく気づいてた。そう……気づいてたんだよ。でも、認めちゃいけないってブレーキをかけていたのかもしれない」

人から言われてやっと認めるなんてどうかしてる。

誰よりも元気で全力でやさしくて、そして落ちこみやすくて……。たぶん私はずっと前から自分の気持ちに気づいていたんだ。だけど、果菜が好きだからとか、幼なじみだからとか、勝手に理由をつけて気持ちに気づかないフリをしてたんだ。

「翔太くんはいい子だもんね。だからこそ、これからのことを話し合いたくて呼んだの」

「恋のことを？」

胸に手を当てて聞くと、ミツキさんはおかしそうに笑った。

「それもあるけど、まずは追加撮影のことからね。私はうまくいったから、今度は実緒ちゃんの役に立ちたいんだよ」

「私の……」

恋の高揚から一転し、ずしんと心が重くなるのを感じた。

「追加撮影のこと、どう思ってるか聞かせてほしいんだ」

「ああ……そのことなんだけどね――」

ミツキさんに今の状況について素直に説明をした。その間に、ミツキさんはジャンボプリンを、私はクリームソーダを追加で注文した。

話し終わる頃には、店内は私たちだけしか残っていなかった。閉店時間も近いのだろう、看板の明かりが落とされた。

会計を済ませてくれたミツキさんにお礼を言って店を出た。浜名湖の上空に、折れそうな三日月が引っついている。

「つまり」とミツキさんがふり返る。

「映像をバズらせたい映像班と、店を再開したい翔太くん。そして、女優になりたい果菜ちゃんの間で揺れているってことか。にしても、あの監督、実緒ちゃんを脅すなんて許せないね」

自分のことのように怒ってくれるミツキさんにうれしくなった。

でも、もう私には結論が出ている。

「いろいろ考えてみたんだけど、私が出演してうまくいくならいいかな、って」

「出たくないのに？」

「おばあちゃんにも自分の気持ちを大事にって言われたんだけど、やっぱり私はみんなの夢を大事にしたいんだよね」

夜の風がミツキさんの髪を自由に躍《おど》らせている。これだけで映画のワンシーンのように美しい。

映画に出ることでみんながうまくいくならそれでいい。自己犠牲《ぎせい》とかじゃなく、これは自分で選んだことだ。

けれど、ミツキさんは静かに首を横に振る。

「ねえ、実緒ちゃん。しばらく私にその案を預けてくれないかな?」

「え?」

「いい考えがあるの。だから少しだけ時間をちょうだい」

「よくわからないけどわかった」

そう答えるとミツキさんは右手を差し出してきた。

握り返すと、ミツキさんはうれしそうに笑った。

折れそうなほどに細い手は、空の三日月にどこか似ていた。

5　エンドロールは七月に

期末テストが終われば、夏はもう目の前だ。

テスト最終日は毎回力が抜けてしまう私も、今回は最後までがんばったほうだと思う。

五時限目までしかなかったので、まだ午後二時を過ぎたところ。ホームルームが終わったあと、クラスメイトは我先にと帰って行った。教室に残っているのは私と果菜《かな》だけだ。

果菜から電話が来たのが昨晩のこと。『大事な話があるから、明日残って』と言われて以来、ずっと気になっていた。

隣の席に移動した果菜がだるそうに肩を落とした。

「今日のテストは最悪だよ。あたしのヤマカンが当たらないなんて」

すぐに本題に入らない果菜。ああ、これはかなり大事な話なんだな、と思った。

答えずにじっと目を見つめると、観念したように果菜はうなずいた。

「……この間、追加の撮影があったでしょう?」

「楠《くすのき》さんとのシーンだよね。どこで撮影したの?」

「天竜浜名湖鉄道《てんりゅうはまなこてつどう》の線路の上。見学者が来ないように、ゲリラ的にやったんだよ」

これ以上の自慢話はないのに、果菜は教室でこのことを話さなかった。テスト期間に入ってからは、映画のこと自体、忘れてしまったかのように振る舞っていた。

「そのときになにかあったの？」

まさか、演技がうまくできなかったとか？　それともカットされることになったとか？

不安を胸に尋ねると、果菜は「ううん」と静かに首を横に振った。

「すごくうまくいったの。自分でも信じられないくらい演技に集中できたし、監督が追加の台詞《せりふ》までくれたくらいだったんだよ」

「なのに、なんでそんな顔？」

浮かない表情の果菜と視線が合うが、すぐに逸《そ》らされる。

「そのときね、うちのパパも見学に来てたんだよ。身内の特権って感じで」

「果菜パパならやりそう。それで？」

「ああ、うん……。パパ、あたしの演技を見て、本気で感動しててね。リョウさんもすごく褒めてくれた」

話の流れがわからない。果菜はなにを言おうとしているのだろう……。

やがて決心がついたように果菜は大きく息を吐いた。

「あのね……東京に行くかもしれないの」

「旅行で？」

「そうじゃなくて、三年生になったら東京の高校に転入するかもなんだ」

「え……？」

どういうこと？　ぽかんとする私に、果菜は苦しそうに目を伏せた。

「パパとリョウさんが話をして、東京の高校の転入試験を受けることになったんだよ。受かるかどうかはわからないよ？　でも、もし合格したら三年生になったら東京に行くことになるんだ」

そう言ったあと、果菜はやっと私を見てくれた。大きな瞳は、あふれそうなほどの涙で潤んでいる。

「ずっと女優になることが夢だった。みんなにバカにされても、あたしは本気で願ってた。まだカットされる可能性は残ってるけれど、映画に出演できて思ったの。やっぱりあたしは女優になりたい、って」

知ってるよ。ずっと言い続けてきたもんね。

「実緒にはいちばんに言いたかった。もしそうなったら……ごめんね」

泣きそうな声の果菜。彼女のなかにある静かな情熱に、私のほうが泣いてしまいそう。

「果菜」

「わかってるよ。東京に行ったからってうまくいくとは限らない。同じ夢を持つ人はいっぱいいるし、物価だって高いし――」

「果菜！」

「ひゃあ」

悲鳴をあげる果菜に椅子《いす》ごと近づいてその手を握る。

「なんで謝るのよ。果菜の夢がかなうかもしれないのに、反対なんてするわけないでしょ」

「え……いいの？」

ポロリと美しい涙がこぼれた。

「いいに決まってる。果菜と離れるのはさみしいけど、それ以上に応援するから」

「実緒《みお》……」

「そんな顔しないで。最高のニュースじゃないの。私、今すごくうれしいんだよ？」

映画の撮影がはじまってから、果菜は夢に向かって本気で走っていた。そして、ひとつの答えを見つけたんだ。夢への切符をつかんだ果菜を応援しないはずがない。

ニッコリ笑みを浮かべると、果菜はホッとしたように、

「よかったぁ。もうずっと心臓バクバクしてたんだよ。で、実緒はどうするの？」

「私はここでがんばる。裏方として、この町を活性化させる」

「翔太《しょうた》みたいに？」

恋の存在を認めて以来、彼の名前を聞くと胸が痛くなる。でも今は、果菜を安心させてあげたかった。

「ケーキ屋を再開させたら、翔太が今やってることを引き継ぐつもり。で、いつか果菜を主役にした映画を三ヶ日町《みっかびちょう》で撮影する。それが私の今日からの夢」

「それってどうやって？」

不思議そうな果菜に、スマホを取り出しメモ帳を見せた。そこにはいくつかの大学の名前と専門学校の名前が記してある。

「観光学について学ぼうと思ってるの。就職は観光協会とか商工会議所とかを希望して、学んだことを活かせたらって」

「いつの間にそんなこと考えてたのよ」

「果菜だって同じでしょ」

ホッとしたように表情を緩《ゆる》ませる果菜。

それから果菜は、試験を受ける高校のことを教えてくれた。夢を語るのは恥ずかしいと思っていたけれど、本気の夢ならそれは楽しい時間になる。いつか、じゃなく、きっと。

果菜はこれから果菜パパと一緒に内藤《ないとう》先生に会うそうだ。

「じゃあ、またね」

手を振って教室から駆けていく果菜の先に、輝かしい未来が待っている。それはきっと私も同じだと信じたい。

家につくと同時に違和感があった。

それはお母さんの車が駐車場にとまっていたから。玄関のドアを開けると、ひょっこり顔を出したのはやっぱりお母さんだった。

「ただいま」なんて言うから、私も「お帰り」と答えた。

「いや、逆じゃない？」

靴《くつ》を脱ぎつつ言うが、お母さんはもう台所に引っこんでしまった。

台所でお母さんは鍋《なべ》でなにかを煮こんでいる様子。使いっぱなしの包丁やボウルがシンクに積み重なっている。

普段着のお母さんを見るのは久しぶりだ。

「なんでお母さんが料理をしてるの？」

バッグを置いて尋ねると、お母さんは「もう」と泣きそうな声を出した。

「大変だったのよ。急におばあちゃんから電話があってね。『今日は料理できない』なんて言うんだから」

そのときになって、ようやくおばあちゃんの姿が見えないことに気づいた。

「おばあちゃんは？」

「病院よ」

「え……」

急に足元がぐらついた気がした。

「おばあちゃん……具合が悪いの？」

今朝のことを思い出そうとしても、頭がうまく回ってくれない。たしか……そう、いつもと同じ朝だった。テストの勉強はしたのか、とうるさく言われた記憶がある。

お母さんが鍋の火を調節しながら「違う違う」と笑った。

「胃の調子が悪いから念のため受診するんですって。午後の診察は三時からじゃない？なのに一番で診《み》てもらうために、もう待合室で待機してるんですって。きっとすぐに帰ってくるわよ」

「なんだ……。びっくりした」

「びっくりしたのはお母さんのほうだから。急に料理って言われても、おばあちゃんみたいに作れないもの。ね、手伝ってくれるわよね？」

「あ、うん」

手を洗っても、まだ不安を拭《ぬぐ》うことができない。今朝はなんにも言ってなかったのに、急に調子が悪くなったのかな。

「ちょっと味つけが不安だから代わってくれる？」

鍋のフタを開けるといびつな形の野菜が煮えている。

「五目煮？」

「肉ジャガよ。ちょっとジャガイモは少ないけどね」

少ないどころの話じゃない。元々少ない量のジャガイモが煮こんだせいで溶けかかっているし、ニンジンがあまりにも大きい。あと、レンコンとかダイコンは肉ジャガには入れない気がする。

火を弱め、菜箸《さいばし》で具材を取り出し小さく切ることにした。

「ジャガイモを追加するから切ってくれる？」

「えー、嫌よ。皮をむくのがめんどくさいもん」

お茶と和菓子を手に、お母さんは居間のソファに座ってしまう。あとは私に任せることにしたらしい。

しょうがない。ジャガイモの皮をむき、ひと口大に切り圧力鍋に入れる。出汁《だし》で別茹《ゆ》でをしたあと鍋に追加すれば味も馴染《なじ》むだろう。

「おばあちゃん大丈夫なのかな。お母さん、迎えに行ってよ」

「大丈夫よ。あの人、そういう親切って大嫌いだから」

たしかにそういうところはある。これまでの経験でお母さんにはわかりきっているのだろう。

「でも、おばあちゃんももう歳《とし》だからね」

庭を眺めながらお母さんが言った。半年に一回くらい家に顔を出すお母さんが、こんなにのんびりとくつろいでいるのは久しぶりに見た。

「そんなに心配なら、お母さんもちゃんと料理を教わったほうがいいよ」

「冗談でしょ。きっと昔みたいにまた仲が悪くなっちゃうわよ」

「私が教えるからさ。ほら、遊んでないでこっちに来てよ」

「はいはい」

これじゃあ、どっちが子どもなのかわからない。隣に並んだお母さんに、好きなように味つけをしてもらっている間に、洗い物を済ませた。

「先生、できました」

小さじに出汁を取ってもらい味見をすると、やけに味がぼやけている。みりんを入れすぎているのかもしれない。

「醤油《しょうゆ》と塩を追加して。あと、次回からうまみ調味料は入れないほうがいいよ」

「はい、先生」

「からかわないでよね」

そう言いながらなんだかくすぐったい感覚になる。見るとお母さんも楽しげに笑っている。

圧力鍋で煮こんだジャガイモを加え、落し蓋《ぶた》をして弱火で味を染みこませる。

「最後に隠し味を入れるの」

これもおばあちゃんが教えてくれたことだ。が、お母さんは初耳らしく首をかしげている。

「味噌《みそ》とかはちみつ、バターみたいなコクが出るものをちょっとだけ入れるんだよ」

「じゃあ、長坂養蜂場《ながさかようほうじょう》のはちみつにしましょうよ」

「もう少ししてからね」

お母さんは私にもお茶を淹《い》れてくれた。

コポコポと歌う鍋をふたりで見つめていると、

「そういえば、また映画に出るんですって？」

お母さんが尋ねた。

「追加で撮影があるの。今度の日曜日だよ。その日で撮影は全部終わるみたい」

「あんなに嫌がってたのに、どういう風の吹き回し？」

「そういう風が吹いたんだろうね。明日になったら気が変わってるかも」

「それでこそ、私の娘だわ」

ふたりでクスクス笑う。こういう時間もいいけれど、飽《あ》き性のお母さんはそのうちスーパーの総菜《そうざい》とかで済ませるようになるだろう。

「お母さんこそどうなってんの？　お父さんとヨリを戻すんじゃないかって、観光協会でウワサになっているんですけど」

「はあ？　やめてよね」

「二階で寝かせたりするからだよ。火のない所に煙は立たぬ、だっけ？」

からかったつもりなのに、お母さんはなぜか口をつぐんでしまった。そのままなぜかモジモジと身体《からだ》を左右に揺らしている。

「え……まさか本当に？」

予想外の展開に驚く私に、お母さんは「んー」と唇をとがらせた。

「ないことはないわね。ありよりのなし、って感じ」

「ややこしい。それって、可能性があるってこと？」

もしそうなったなら、と小さい頃は毎日願っていた。けれど、慣れてきた今となれば、バランスが崩れる怖さもある。

やっぱり人は環境に慣れる生き物なんだろうな……。

「おばあちゃんになにかあったら考えるわ。それまでは現状をキープするだけよ」

「あー、なるほど」

少しホッとすると同時に台所のドアが開いた。

「なんだい、料理なら今からやるのに」

不機嫌な顔のおばあちゃんに、お母さんはヤバいという顔をした。

「すみません。お体が心配で先に作らせていただきました」

「ふん。実緒がいてよかったね。片づけはちゃんとやりなさい。この間だって、町内会の旅行で留守してる間にやりっぱなしで帰って――」

「お義母《かあ》さん、お言葉ですがそれは三年前のことです」

「三年なんてついこの間のことだら」

「三年と言えば赤子だってしゃべるようになるくらいの期間です」

あいかわらずのふたりの言い合いがなんだか心地よかった。

「おばあちゃん、病院どうだったの?」

中和させようと声をかけると、おばあちゃんはこれみよがしに深いため息で返した。

「どうもこうもないよ。やっぱり二代目はダメだね。ちょちょっと診察したくらいでなにがわかるんやて。寝るから起こさんといて」

プイと自室に向かうおばあちゃん。お母さんとそっと目を見合わせてから、どちらからともなく笑ってしまう。

「そうそう」と、おばあちゃんがふり向いた。

「お父さんとの関係についてだけどね、あたしを理由にするのは迷惑だからね。あたしになにかあってからよりも、考えるならさっさと考えなさい」

ピシャリと言ってからおばあちゃんは台所のドアを閉めた。

「……あいかわらず地獄耳ね」

お母さんの感想に深くうなずいた。

あの調子じゃまだまだ長生きしてくれるだろうな。

初生衣《うぶぎぬ》神社に来たのは、あの撮影日以来だった。

梅雨《つゆ》明けまであと少し。土曜日の今日も曇《くも》り空だけど、空気に夏のにおいが含まれている。いや、そんな気がしているだけかも。

境内《けいだい》に足を踏み入れると、否《いや》が応でも撮影日の失敗を思い出してしまう。

あれからすべてがはじまったんだな……。

二カ月前のことなのに、もう遠い昔のことのよう。翔太がいつも座っている石垣に腰をおろすと、呼応するように木々が音を立てて騒いだ。

私の転倒動画はほかのバズり動画に埋もれてしまったらしく、ネットニュースなどでも取りあげられなくなった。公式チャンネルの動画ではあいかわらず再生回数が増えているけれど、リョウさんによる食レポ動画が人気を博している。

ミツキさんはバラエティ番組に登場し、歯に衣《きぬ》着せぬ物言いがウケ、今じゃ引っ張りだこ。おかげで、映画は上映館数を増やして公開する予定だそうだ。

スマホが震え、ＬＩＮＥのメッセージを知らせた。

見ると、翔太から『おはよう』のスタンプが届いている。

【明日　撮影のときメイキング動画を撮るけどいい？】

翔太が映画の話をするのは久しぶりだ。公言通り、期末テストに全集中していた翔太。結果がどうだったのかは月曜日以降のテスト返却でわかるだろう。

【いいよ】

三文字で返す。

これまでは気にしなかったメッセージの文章は、彼を意識してからよりそっけなくなっている。

翔太に気づかれてはいけない。翔太に気づいてほしい。

両極端な願いは、振り子のように右へ左へ揺れっぱなしだ。

この恋に気づいた日から、世界は色を変えた。学校帰りの道、三ヶ日駅、交差点、どこにいても自然に翔太を探している自分がいる。

見つけたからってどうすることもできないのに、勝手に目が探してしまう。

【緊張してる？】

翔太の問いに、

【まあね】

また、三文字で返事をした。

これではそっけないと思い、

【イメトレしてるとこ】

ニコニコマークを添えて返信した。

【今　どこ?】

いつもなら二往復くらいしかないメッセージのやり取りが、今日はやけに続いている。

【神社だよ】

【俺もついたとこ】

「え?」

顔をあげると、向こうから翔太が気まずそうに歩いてきた。

なぜかエキストラが足りなくって出てたんだよ」

「エキストラが足りなくって出てたんだよ」

隣に腰をおろした翔太が顔を赤くしている。

「似合ってるよ」

「……そう?」

チラッとこっちを見てくるから、慌《あわ》てて逸らせてしまった。これじゃあ意識していることがバレてしまう。

すう、と息を吸ってから「うん」と声に力を入れる。

「翔太って昔っぽい顔だからね」

「うるせー」

「ごめんごめん」

そうそう、こんな感じだったと思い出す。意識しているのは自分だけなんだ、と強く言い聞かせる。

好きな気持ちが毎日積み重なっている。抑えきれなくなりそうで怖いけれど、知ってもらいたいとも思っている。

毎日が初めての感情に振り回されていて、だけど恋をしている自分に誇らしい気持ちもあった。

「なんかさ、すっかりみんな撮影が終わったと思ってるらしくて、エキストラを集めるの大変だったんだぜ」

唇をとがらせる翔太は、衣装のせいかいつもよりかっこよく思えた。

「エキストラを仕切っているのは果菜パパだよね？」

「ありゃダメだ。果菜の学校がどうとかで、東京に行ってるらしくて」

「じゃあ、エキストラの養成講座どころじゃないね」

「ないない。市役所に相談に行ったらしいんだけど、補助金の対象外だって言われて話が止まってるんだって。たぶんこのまま立ち消えになるだろうな」

ふう、と息を吐いた翔太が空を見あげた。

「明日、晴れるかな。最後の撮影日だから、晴れてほしいけど」

「ミツキさんと楠さんのラストシーンだよね。浜名湖で撮影だから、晴れるといいよね」

スマホで天気予報を見ると、曇りのち晴れだけど、降水確率は終日四〇パーセント。微妙な感じかもしれない。

「そんな他人事《ひとごと》みたいに言うなよ。明日はラストシーンのあと、実緒とミツキさんの追加シーンの撮影があるんだから」

「ああ……そうだね」

上半身を折った翔太が顔を近づけてきた。

「ひょっとして出演しないとか言わないよな？」

「言わないよ」

笑みを作ると、翔太は「怪しい」と言ってじと一っと見てくる。

「大丈夫だって。ミツキさん、明日の夜、バラエティの生放送に出るから時間がないんだよ。ワガママ言って迷惑かけたりしないから安心して」

「ミツキさんのスケジュールを、どうして実緒が知ってんの？」

う……。鋭い質問に言葉が詰まった。

先日、サンマリノで話をしたときにＬＩＮＥ交換をしたことは内緒にしておこう。

「幸谷《こうたに》さんから聞いたんだよ。こないだ車で送ってもらってね」

「また知らない人の車に乗ったのか？　いくらなんでも不用心すぎる」

ヘンなところで怒る翔太に眉《まゆ》をひそめると同時に、心配してくれたことがうれしくて顔がにやけてしまった。これではいけない、と真顔に戻す。

「翔太こそどうなの？　明日で撮影が終わるの、さみしい？」

「いやいや、ホッとしてるわ。これでやっとケーキ作りに専念できるし」

あ、ウソをついている。

さみしさを覚えたから、ここに来て気持ちを落ち着かせたかったんだよね。

それでも、自分の夢につなげるために翔太は未来に向かっている。夢を持つ人はいつもまっすぐで、まぶしい。

「あ、おやじとこないだ話したんだって？　実緒ちゃんにケーキ作ってることがバレた、って笑ってた」

「おじさんもまんざらじゃない感じだったよ」

「だろ？」

目を線にして笑う横顔は、私の心に温度をくれる。やさしくてかわいらしくて、そしてせつない。いろんな感情のひとつひとつに、自分が恋をしていると教えられているみたい。

翔太のことが好き。好きなんだよ。

だけど、この気持ちは絶対に言わない。口にしてしまったなら、私たちの関係はきっとおかしくなるから。

「俺さ、高校を卒業したら専門学校に行くわ」

浜松《はままつ》駅前に製菓について学ぶ専門学校がある、と昔翔太が言っていたことを思い出した。

「すごくいいと思う。おじさんもよろこぶよ」

「こないだ、実緒のばあちゃんに道でバッタリ会ったんだよ。すげえ怖い顔で、『いつになったら店を再開するんだい！』って言われてさ。めっちゃ焦った」

「ああ、言いそう……」

「専門学校卒業したら再開します、って答えたら『それまで待っててやる』だって。マジで長生きするつもりだよな」

「おばあちゃんは百歳まで生きるって豪語してるからね」

翔太の店が再開したとき、私もなにか役に立てるといいな……。

ひとつ生まれた夢が、どんどん成長していく。それは誰かの夢につながり、もっと大きな希望へと育つ。

彼の夢がかなうとき、私がそばにいられるように。

こんな気持ちも、映画の撮影がなかったら抱きはしなかったこと。

そう考えると、私も明日はがんばらないといけない。それは、翔太が想像しているのとは少し違う意味での努力だけれど。

琴水《きんすい》の前にある県道の奥にある砂浜には、まぶしいほどの光が降り注いでいる。水面がキラキラと輝き、水際で波とたわむれる私に、もう夏が来たことを教えているみたい。

「マジで今日は暑いな」

裸足《はだし》の翔太がえいっと水を蹴《け》った。水しぶきが花火みたいに輝き、水面に散らばった。私も両手で水をすくってみる。手のひらの水は青色を忘れた透明色。

「ほんと、暑いよね」

そう言ってから翔太を見た。

太陽の下ではしゃぐ翔太は無邪気でまるで昔と変わっていないように見える。

でも、この映画の撮影期間だけを切り取っても、私たちは変化したと思う。夢を追い続ける翔太がまぶしくて、私も同じようにこの町で生きていきたいと思えるようになった。

「最近は私の動画、撮らなくなったんだね」

手のひらに残った水を翔太に向かって投げると、「うお！」と翔太がのけぞった。

「だって約束したし」

「うん」

恋をすれば苦しくなると思っていたけれど、今はこの関係が気持ちいい。

お互いの夢を追い続けている過程で、いつか話せる日がくればいいな……。

「あ、ラストシーンの撮影がはじまる」

翔太がそう言い、遠くの浜辺に目をやると慌ただしくスタッフが足跡を消していた。

幸谷さんが「本番です！」と叫ぶ声が空に響いた。

水際に立つミツキさんと楠さんは、こんなに離れていても幻想的で美しい。

私のいる場所からは、ふたりがどんな台詞を交わしているのかは聞こえないけれど、クライマックスらしい激しい演技なのは伝わってくる。

カメラリハをくり返し、本番を三度やり直した。

「カット！」

幸谷さんの声が響き渡り、モニターで大日向《おおひなた》さんが確認する。しばらく経《た》ってから、スタッフの間から拍手が生まれた。その後、スタッフから楠さんに花束が手渡され、より一層大きな拍手音が響いた。

最後の撮影は私とミツキさんのシーンだ。

砂浜に戻ると、待機していたお母さんが「ちょっとちょっと」と駆けよって来た。

「今の見た？　ほんとすごいわね。監督もそうだけどスタッフのみんなも、ただののんべえじゃなかったのね」

「俺は最初からすごいスタッフだと思ってたけどな」

お母さんに日傘を差してあげているのはお父さん。

私が撮影に参加することは、果菜パパによってバラされたらしく、勝手に見学に来てしまった。こんな時だけふたり揃って……。

天気予報が外れてくれたおかげで、空には雲ひとつない青空が広がっている。遠くで今年最初のセミが鳴いている。

「ねえ、もう帰ったら？」

「なに言ってるのよ。こんなこと二度とないんだから」

お母さんは不愉快そうに唇を曲げた。お父さんは気楽なもので、エコバッグのなかにサイン色紙を忍ばせている。

「期待しているようなことは起きないと思うよ？」

「でも、台詞があるんでしょう？」

きょとんとするお母さんに「まあ……」と言葉を濁《にご》した。

確認しに行ってた翔太が足早に戻って来た。

「そろそろカメラリハするみたい」

報告する翔太の腕を、お母さんがむんずとつかんだ。

「翔太、メイキング動画頼むわよ。実緒をアップでちゃんと撮影してよね！」

「任せてください」

ため息をついていると、お父さんが「うわっ」と声をあげた。見ると、楠さんがスタッフを数人連れて歩いてくる。

「実緒ちゃん、こんにちは」

私に気づくと楠さんは顔をほころばせた。すべてのシーンの撮影を終えた楠さんは、いつも以上にやさしい表情だ。

「こんにちは。撮影お疲れさまでした」

「楽しかったよ。天気も晴れて本当にいいシーンだった」

「完成を楽しみにしています」

その様子を翔太がスマホで撮影している。バズって以来、私が撮影されるのは久しぶりのことだから急に緊張してしまう。

「この町に来られてよかったよ。こないだ果菜ちゃんのシーンも撮影したけれど、彼女の演技、最高だった」

「東京で勉強したいって張り切っています。果菜のこと、どうぞよろしくお願いいたします」

保護者の気分で頭を下げる私に「ちょっと！」とお母さんが体当たりをしてきた。

「私、実緒の母です。ファンなんです！　握手、握手をください！」

おかしな日本語で自《みずか》ら楠さんの手を握るとブンブン振り回している。

「実緒の父親です！　サインいただきたく存じます！」

ああ……。翔太を見ると、スマホを持っていないほうの手の親指を持ちあげた。これは動画で使える、という合図だろう。

「すみません」と女性マネージャーが止めるなか、

「実緒ちゃーん！」

幸谷さんが大声で私を呼んでいる。

別れの挨拶《あいさつ》もそこそこに向かう。私の衣装は最初の日と同じ、上がセーラー服で下はモンペ。たしかに急いでいるときは歩きやすい。

砂浜にはたくさんの日傘が咲いていた。その中央で椅子に座り足を組んでいるのはミツキさんだ。

マネージャーらしき人が台本を開いて見せているが、そっぽを向いている。

……いよいよなんだ。

ゴクリとつばを呑《の》みこんでから、まずは大日向さんのもとへ向かう。Tシャツに短パン姿の大日向さんが、私に気づくとサングラスを取りながら近づいてきた。

「いよいよ最後のシーンだね。どうぞよろしく」

「こちらこそよろしくお願いいたします」

「クライマックスの直前に差しこむ短いシーンだけど、台詞のやり取りがあるから大変かもしれない。まずはカメリハしながら確認しよう」

先日の脅迫《きょうはく》めいた口調がウソみたい。まるで穏やかな大日向さんに、「あの」と声をひそめる。

「私、ちゃんと説得しましたから。約束を守ってくださいね」

「果菜ちゃんのことだろ？　いや、あの子は才能あるよ。東京の高校に転入できたなら、事務所を紹介しようと思ってる」

「翔太のこともよろしくお願いします」

「ああ、もちろん。約束するよ」

どうだろう？　この人の言うことはあまり信用してはいけない気がする。

遠くで楠さんがお父さんの持つ色紙にサインをしている。その向こうに広がる青空があまりにも大きくて、飲みこまれそうな気分になる。

「ミツキが東京で仕事あるから、ちゃちゃっと撮影しちゃおう。ミツキ」

監督が声をかけると、ミツキさんと目が合った。すぐに逸らされる。

「カメラOKです」

幸谷さんが言うが、まだミツキさんはそっぽを向いたままだ。

ついに最後のシーンがはじまるんだ……。翔太や果菜のため、ううん……なによりも自分のためにがんばらないといけない。

「ミツキ、早くスタンバイして。新幹線に間に合わなくなるぞ」

だるそうに立ちあがるミツキさんは、いつにも増してキレイだ。

大好きな人との再会を果たすラストシーン。夢のなかでの出来事らしく、衣装もこれまでと違い戦後の復興を感じさせる洋服。黄色いスカートが風に揺れている。

私とのシーンは、ラストシーンの直前。水辺で遊んでいる私に、ミツキさんが声をかけるというもの。

ミツキさんは監督の真正面へ行くと、

「話があるんだけど」

低い声で言った。

「え、今?」

「今から撮影するシーンは、この映画に必要ないと思う。私の撮影はさっきのでクランクアップということにさせて」

「は?」

さすがに不機嫌そうにうなったあと、

「いやいや。もう決まってることだからさ。ミツキちゃんだって納得してくれたんだよね?」

猫なで声に変わる大日向さん。けれどその目は笑っていない。

「仕方なく納得しただけ。冷静に考えると、このシーンはやっぱり蛇足《だそく》だと思うから」

気づくと、監督のうしろで翔太がスマホで撮影している。横には不安げに見守るお父さんとお母さんの姿も。

「ワガママ言わないでよ。このシーンは必要なんだよ。ほら、機嫌を直して」

恋人のように肩に手を置こうとする大日向さんをするりとかわし、ミツキさんは私の前に立った。

「いくら動画がバズったからって、必要のないシーンの撮影はしたくない」

この間の会話がなかったかのように冷たい口調だ。

「わかったから。使わない前提で、一応撮影だけでもしよう」

「嫌よ」

「頼むよ。これで全部の撮影が終わるんだし、ミツキちゃんだってこのあと仕事が——」

「バカにしないで！」

全員の動きを止めるほど、迫力のある声が響き渡った。

「台本にあることはすべてやった。追加のシーンも協力してきた。だけど、私にも女優としてのプライドがあるの」

「ミツキ」

女性マネージャーがなだめようとするが、

「うるさい！」

一喝《いっかつ》されてしまう。ミツキさんはそのまま、私に一歩近づいた。燃えるような目で私を見ている。

「どうしてもこの子と撮影しなくちゃいけないなら、この映画を降りるから」

そこまで嫌わなくても、と口を開くが言葉が出てこない。そんな私にミツキさんはニヤリと口元をゆがめる。

「ほら、反論もできないじゃない。あんたみたいなぽっと出の素人《しろうと》が映画に出られるほど甘くないんだよ」

翔太のスマホがまっすぐに私に向いている。意を決し、両足を踏ん張り口を開く。

「私……私だってあなたと共演なんかしたくない」

「えらそうに。じゃあいいじゃない。お互いにやりたくないってことで」

「そうだね」

「映画に出るなんて身分不相応もいいところなのがやっと理解できたんだね。平凡な田舎《いなか》の高校生のくせに調子の乗らないでよね」

そのときだった。急に肩を抱かれたと思うと、すぐそばにお母さんの横顔があった。

「ちょっとあんた！　女優だかなんだか知らないけど、うちの娘をバカにすんじゃないんだからな！」

「そうだ。ミツキちゃんにはかなわないかもしれないけど、実緒だってけっこうかわいいよ！」

日傘を放り出し、お父さんも顔を真っ赤にして怒っている。

うわ……最悪だ。

「ちょっと、ふたりとも――」

「実緒は黙ってなさい！　メイキング動画を見たけど、あんたってやっぱり性格悪いのね」

「うるさいな。あんたたちだって離婚してんでしょ。今さら親ぶってバカみたい」

せせら笑うミツキさんに、お母さんは「まあ！」と激高《げっこう》した。

「離婚したって親ってことに変わりないのよ！」

「そうだそうだ」

お父さんの加勢が加わり、遠くで呼応するようにセミが一段と激しく鳴いている。

「お願いだからふたりともやめて！」

間に入って収めようとしても、ふたりの暴走を止められない。

「ちょっとこっちに来なさいよ！」

お母さんなんてミツキさんを右手でつかもうと腕を伸ばしている。

必死で止めていると、

「いい加減にしろ！」

大日向さんの怒号が場を支配した。

はあはあ、と息を吐く大日向さんが、

「幸谷。ご両親を連れて行け。今すぐに」

聞いたことのないほど怒りを含んだ声で言った。

幸谷さんと周りのスタッフに強引に連れられて行くお父さんとお母さん。

「触らないでよ。ひとりで歩けるから！」

お母さんの声が遠ざかっていく。

「ミツキ」

大日向さんが腕を組んだ。

「俺はこの映画の監督だ。今さら映画を降りるなんて許さない。お前、いい気になるなよ」

静かで怒りを含んだ声に、ミツキさんは悔しそうに唇をかんだ。

「実緒ちゃんも、やると言ったんだろ。そんなに大変なシーンじゃない。ふたりともこれは命令だ。ほら、やるぞ」

言い捨てると、カメラのそばに大日向さんは戻っていく。

……ここまでなの？　あきらめの気持ちが支配するなか、幸谷さんに撮影の位置まで連れて行かれる。

「ここで立ってください。カメラはあそことあそこ。ピンマイクを用意しますね」

「……はい」

視線を巡らせると、

「監督、ちょっといいですか」

翔太が撮影を止め、大日向さんに駆けていくのが見えた。

ポケットから取り出したなにかを大日向さんに見せると、

「お前……」

絶句したような大日向さんの声が聞こえた。

ミツキさんは日傘の下に戻り、椅子にドカッと不機嫌そうに座った。

翔太と監督のボソボソしたやり取りは、風に流されて聞こえない。

なにがあったのだろう……。

「実緒！」

聞き覚えのある声にふり向くと、なぜか果菜がこっちに向かってきた。

「あれ、今日はバイトじゃないの？」

「そうなんだけど、翔太に呼ばれてさ。急用だって言うから……って、どうしたの？」

もめている雰囲気《ふんいき》を察したのか、キョロキョロ周囲を見回している。

「うん。ちょっとね……」

動きがあったのは二分後のこと。大日向さんが翔太から離れ、ミツキさんのもとへ向かい、なにか話をしている。

驚いた顔のミツキさんが、なぜか私を見て軽くうなずいた。

「みんな聞いてくれ」

大日向さんも私を見てそう言った。その瞳の奥に、まだ怒りの炎が燃えているのがわかった。

「最後のシーンは、少し内容を変えて撮影することにする。実緒ちゃんに代わり、果菜ちゃんでいくから」

慌ただしく動き出すスタッフたち。

「え、なんであたしが？」

きょとんとする果菜は、あれよあれよという間に衣装の人に琴水へと連れられていく。

あ……私、出演しなくていいんだ。

「実緒ちゃん」

大日向さんが髪をかきむしった。

「うまくやったな」

「え……」

「いいよ。果菜ちゃんを代役にする。それでいいんだろ？」

「よろしく……お願いします」

頭を下げている間に、大日向さんは準備に戻っていった。

翔太と目が合うと、なぜか彼は親指を立てて合図を送ってきた。


三ヶ日駅の駅舎内は、木でできたベンチがぐるりとなかを囲んでいる。はしっこに座り、今日何度目かのため息をついた。

まるでプールに入ったあとみたいに眠い。意味もなく制服のスカートを触る。

やっぱりモンペよりこっちのほうがしっくりくる。

駅舎の向こうに見える道路を、果菜パパの車が向かってくる。ボディに『田中《たなか》印鑑屋』の文字がでかでかと書かれている。

駅前に停車すると、なかからバラバラと人が降りて来た。みんなひとりの女性に大げさに挨拶をし、果菜パパは写真まで撮ってもらっている。

普段着に着替えてもオーラを醸《かも》し出しているのはミツキさんだ。サングラスが午後の太陽を反射している。

女性マネージャーとアシスタントの男性とともに構内に入って来たミツキさんは、私に気づくと足を止めた。

「先に行ってて」

そう指示してから、私の隣にどすんと座った。

しばらくの沈黙のあと、

「これ、撮られてないよね？」

前を向いたまま、ミツキさんが尋ねたのでうなずく。

「カメラがないのは確認済み。翔太も来てないし」

「そう」

「……うん」

数秒後、私たちはどちらからともなく笑いだしていた。

ミツキさんなんて、おかしそうにお腹《なか》を抱えている。

「いやあ、最後は大変だったね」

サングラスを外して涙を拭うミツキさんに、「ごめん」と手を合わせた。

「まさかうちの親が出てくるなんて予想外だったんだよ」

「『うちの娘を！』って、すごい迫力だった。めっちゃ愛されてるじゃん。この私が、かなり焦らされたもん」

「あれはイレギュラーだった」

今日までの間、どうすれば私が映画に出ずに済むかについて、ミツキさんと話し合ってきた。

映画に出たくない私と、主演として目立ちたいミツキさん。ふたりの目的が一致しているからこそできたこと。

「なかなか計画通りにはいかなかったね」

ミツキさんが肩をすくめると、長い髪がサラサラ揺れた。

「でもミツキさんの演技、すごかった。私、緊張して台詞が出てこなかったのにすぐにアドリブでフォローしてくれたし。親の乱入にも負けてなかったよね」

「ご両親を嫌な気分にさせちゃったよね」

「ちゃんと訂正《ていせい》しておいたから大丈夫。まさか私たちが演技していると思ってなかったみたいで、しょんぼりと反省してたよ」

「離婚したなんてウソみたいなチームワークだった。案外、復縁もありえるんじゃないの？」

「ないない。今のほうが絶対に気楽だし」

LINEや電話で打ち合わせをするたびに、ミツキさんのことを好きになった。私よりもたくさんの重圧と戦うミツキさんを応援したくなっていた。

もう、私はミツキさんのファンになっている。

「実緒ちゃんも東京に来ればいいのに。事務所からの問い合わせが来てるんでしょう？」

そんなことを言うミツキさんに嫌な顔を浮かべて見せる。

「さっきので、いかに自分が演技できないかわかったよ」

そう言ってから「あ、でも」と言葉を続けた。

「マイナスな意味じゃないよ。活躍している人を支えたいって夢ができたから。この町をPRできるよう、観光業とかについて学んでいくつもり」

「そっか、残念。果菜ちゃんのことは任せて。うちの事務所に入れるように社長におねだりしてみるから」

「ありがとう」

椅子にもたれたミツキさん。もうすぐ列車がやって来る。

「ねえ」とミツキさんがサングラスを指先でなぞった。

「どうして監督が私たちのシーン、あきらめたと思う？」

「謎なんだよね。急に果菜も来たし……」

果菜は翔太に呼ばれたと言っていた。バイト先である三ヶ日製菓から撮影現場までは三十分はかかる距離だ。

翔太はあらかじめ、代役で果菜が出ることになるって知ってたのだろうか。

「ふふ」と笑ったあと、ミツキさんは立ちあがった。遠くで踏切の音がしている。

「実は私、答えを知ってるんだ」

「え、教えてよ」

ホームへと進むミツキさんを追いかけながら尋ねる。すぐに列車がホームにのんびり滑りこんできた。

「答えは翔太くんに確認してみて。あいつ、マジで優秀だから」

マネージャーたちが開いたドアから乗りこむ。

「翔太に？」

「翔太くんこそ、陰《かげ》のエキストラってとこ。ううん、陰のヒーローかも」

車内に乗りこむと、ミツキさんは美しい手を差し出した。

「今回はありがとう。実緒に出会えてよかった」

「うん。私もミツキに出会えてよかった」

手を握りながら、最後はお互いを呼び捨てで呼び合えた。

再会の約束はしない。だけど、私たちはきっとどこかで会うだろう。

友だちなら当たり前のことだ。

余韻《よいん》もなく閉まるドアの向こうでミツキは軽く手をふり、マネージャーのもとへ歩いていく。

もうふり返らない友だちを見送ってから、私も駅を出て自転車にまたがる。

翔太に会うなら、行く場所はひとつだ。

初生衣神社の境内に足を踏み入れると、いつもの場所に翔太が座っていた。

私が来ることを知っていたかのように、ニコニコと石垣に座っている。

「ミツキさん、もう行ったの？」

「今、見送ってきたところ」

隣に座ると、夏に近い太陽がまぶしい。

「翔太も終わったの？」

「ああ。メイキングの動画はさっきのも含めてクラウドに送った。これにて俺の役目は終わり」

すっきりした顔の翔太に、私までうれしくなる。

こんな太陽の下、秘密にしたい想いを無理に隠さなくてもいいような気が……いや、それはダメだ。

「ふたりの演技おもしろかったよ。おじさんとおばさんの助演も、監督には通用しなかったけどな」

「そうなんだよね。あそこで監督があきらめてくれるはずだったのに」

ぶすっと膨れて見せてから、「ね」と翔太に声をかけた。

「ミツキが教えてくれたんだけど、なんで大日向さんは最後、果菜を代役にしたの？」

「俺が頼んだから」

「あ、ウソついてるときの顔をしてる」

指摘する私に、翔太がケラケラと笑った。昔から大好きな翔太の笑い方だ。

「半分は本当。でも、残り半分はこれのおかげ」

翔太が見せてきたのは、メタリックブルーのボールペンだった。

「ボールペンに見えるけど、実は録音機なんだよ」

「え？　これって……私のバッグに間違って入ってたやつ？」

どう見てもただのボールペンにしか見えないけれど……。

「メイキングの動画を撮るときに、きれいに音声が録音できないことがあってさ。困ってたら、幸谷さんがプレゼントしてくれたんだよ」

「待って。それをなんで私に？」

「琴水で監督に話がある、って言われたろ？　なんかヤバいなって思わず入れちゃったんだ。ごめんな」

たしかにあのとき、大日向さんに脅迫めいたことを言われた……。

「あ……じゃあ、さっきのは」

「監督に実緒を脅迫している音声を聞かせて『これが表に出るとまずいっすよ』って交渉したんだ。誰が聞いても、あれはパワハラ案件だから」

あっけらかんと言う翔太。

「それって交渉じゃなくて脅迫じゃないの？」

「どっちもどっちってことで」

「でも、ありがとう」

そう言うと、翔太は照れたように視線を逸らせた。

「約束したからな。『俺が、実緒を守る』って」

「うん。守ってくれたね」

胸が……心地よく鼓動《こどう》を刻んでいるのがわかる。

立ちあがった翔太が両手を上にあげた。

「なんにしても、これで全部終わったな」

「だね」

「なんか、俺、ちょっとだけ大人になった気がする」

そんなことを言う翔太に思わず笑ってしまった。

私は……どうだろう。なにかが変わった気もするし、なにも変わってない気もする。

ヒョイと目の前にボールペンが差し出された。

「それやるよ。俺にはもう必要ないし」

「でも、今日のメイキングは使われるんだろうね」

私だけじゃなく親までも動画にアップされるんだろうな……。でも、撮影が終わった今、どうでもいいことのように思えた。

「そのへんは交渉済みだから大丈夫。もう映画の編集でそれどころじゃないみたいだし。ただ、実緒の両親がリョウさんにサインをねだるところは使うことになるかも。あれはおもしろすぎる」

ニヒヒと笑う翔太に、頰《ほお》が赤くなるのがわかった。

好きな気持ちを言葉にできる日は、まだ遠いだろう。

今度ミツキに相談してみようかな。その前に果菜に言わないとすねるだろう。

「よし、帰るか」

そう言った翔太にうなずいて立ちあがると、夏のにおいがかすかにした気がした。

エピローグ

浜松《はままつ》駅そばにある映画館は大盛況だった。

映画公開に先駆け、出演者による舞台挨拶《あいさつ》がある回に、私たちは招待されている。舞台上に立つ大日向《おおひなた》さんと楠《くすのき》さんは、さっきから撮影秘話についてトークを続けている。

「ね、なんだか違う世界の人みたい」

隣の席の果菜《かな》が身を乗り出している。

「そんな他人事《ひとごと》みたいに。もうすぐ果菜はそっちの世界に行くんだから」

「そっちの世界、って死んだ人みたいな言い方やめてよね」

果菜は三年生から東京の高校に行くことがほぼ決まったそうだ。正式な結果は出ていないけれど、どちらにしてもミツキと同じ事務所には入れそうとのこと。

「実緒《みお》のおかげだよ。あとミツキさんと監督と、翔太《しょうた》もね」

夏前よりもさらにキレイになった果菜が誇らしくてうれしい。私も、親友に自分の想いを知ってもらいたい。

「果菜」

「ん？」

「私、翔太のことが好きなの」

視線を舞台から私へ向けた果菜が目を丸くしている。

「ずっと好きだったんだと思う。でも、認める勇気がなかった。告白とかはしないと思うけど、果菜にはちゃんと伝えたかったんだ」

舞台では映画の予告編が流れている。大日向さんの撮影した映像はあまりにも美しく、観客は息を呑《の》んで見守っている。

果菜が私の腕に自分の手を絡めた。

「実緒、すごいよ。自分の気持ちを言葉にできるようになったんだね」

「うん」

「応援してるからね」

握られた手に力が入るのがわかった。

ありがとう、果菜。私も強く握り返す。

場内が明るくなり、大日向さんと楠さんが再度の拍手により迎えられた。

「それにしてもメイキング動画がバズりましたね」

楠さんがそう言うと、会場内に笑いが起きた。

「あれは翔太のおかげだな。まあ、ずいぶんケンカもしたけど」

苦い顔の大日向さんに、三ケ日町《みっかびちょう》の観客を中心に笑いが起きた。あ、うしろのほうの席に座っている翔太が見える。キョロキョロと周りを見回し、私と目が合うと、照れくさそうに笑った。

「さあ」と、楠さんが声を張った。

「それではここでお待ちかね。主演女優に登場していただきましょう。『蛍《ほたる》みたいな、この恋』、主演女優のミツキさんです！」

わっと生まれる拍手のなか、あでやかなグリーンのドレスに身を包んだミツキが現れた。拍手はすぐに感嘆《かんたん》のため息へと変わっていく。

メディア関係者が放つフラッシュにも動じず、ミツキは笑みを浮かべふたりの間に立った。

あまりにも美しくはかなげで、だけど芯を感じさせる姿に誰もが視線と心を奪われているのがわかった。

「ミツキさん、今日もおキレイですね」

「ありがとうございます」

「今回、主演をされていかがでしたか？」

楠さんの問いに、ミツキさんは軽くうなずいてから口を開いた。

「すばらしい脚本を無駄にしないために夢中で演じました。撮影期間はとてもタイトでしたが、皆さんのご協力のおかげで楽しかった記憶しかありません。特に三ヶ日町の皆さんには本当にお世話になりました。心から感謝しています」

大きく鳴り響く拍手に、

「なんか、泣いちゃいそう」

ハンカチで顔を覆《おお》う果菜。少し離れた場所に座る果菜パパも同じ動きをしている。

「だけど」とミツキさんは間を取ってから続けた。

「この映画で私の性格の悪さがバレちゃいましたね」

ドッと生まれる笑いの渦《うず》が、この映画の成功を決定づけたような気がした。

ロビーのソファで座っていると、

「実緒」

私を呼ぶ声がした。

見るとポップコーンの入った箱を持った翔太が歩いてくる。

「ミツキさんたちに会わないの?」

「そっちこそ」

薄暗い照明の下で翔太は肩をすくめた。

「俺はあとで会うから」

「私も。打ちあげ楽しみだね」

関係者だけを招いて、このあと近くにある地ビールのレストランで打ちあげがおこなわれる。ミツキから誘われ、私も参加することになっている。

お母さんはスナックを休業して参加するそうだ。

隣に座る翔太。ポップコーンの箱はほとんど空になっている。

「映画、すっげえ良かったよな」

「想像以上だった。大日向さんってすごいんだね」

お世辞でもなんでもない素直な感想だった。どのシーンもすばらしく、私たちの町を背景に美しくもせつない物語が描かれていた。

「リョウさんもミツキさんも、仕事の依頼がすげえ来てるんだってさ」

「誰に聞いたの?」

「大日向監督。実はけっこう連絡取り合ってんだよ。ケンカして地固まる、だな」

クスクス笑ったあと、翔太は「さっきさ」と続けた。

「ここに来る前に、専門学校の見学行ってきた。マジですぐにでも通いたいくらい最高の学校だった」

「翔太なら絶対にケーキ屋を再開できるよ。私も協力できるよう、短大に行って勉強するから」

　静かな決意は、これから私の未来へとつながっていくだろう。それは期待というより確信に似ている。

　二回目の上映がはじまったのだろう。少し先に見えるドアから、音楽が漏《も》れて聞こえてくる。まるで映画のワンシーンのように、ふたりぼっちの空間が愛《いと》おしく思えた。

　好きな気持ちを言葉にするのに、勇気はいらないんだ。

　あふれてくる想いを飾らずに伝えたい。そう思った。

「あのね、翔太……」

「実緒のことが好きなんだ」

　え、と顔を見ると薄暗いなかでも彼の顔が真っ赤になっているのがわかった。

「ずっと好きだった。けど、自分に自信がなくて言えなかった。この数カ月でやっと自分の未来が見えてさ、夢を追いたいと本気で思った」

「翔太……」

「こっち見るなよ。照れるから」

　プイと顔を背けた翔太が咳払《せきばら》いをした。

「夢をかなえてからよりも、かなえる瞬間にそばにいてほしい」

　そう言った翔太から、もう私は目を逸《そ》らさない。

私はこれから自分の気持ちを伝えよう。
本当の想いは小声でも伝わることを、私はもう知っているから。

完

あとがき

〝誰かを守る〟、ってどういうことだろう？

ドラマや映画によく出てくる『俺が君を守るから』という台詞《せりふ》に、昔から違和感を覚えていました。守る側と守られる側で力関係が公平でない気がするし、言葉にするのは簡単でも、実際に守るって難しいと思うのです。

今回の作品「映画みたいな、この恋を」を執筆するにあたり、誰かを守ることについて深く考えました。

私の作品ではぶっきらぼうでも心の強いヒーローはよく出てきます。主人公がピンチになると颯爽《さっそう》と登場し、不器用ながらも彼女を守ります。

が、今回のヒーローにあたる翔太《しょうた》は、なにかあるとすぐに落ちこんでしまうような性格。主人公である実緒《みお》も、人との距離を常に測っています。

お互いに守りたい気持ちはあるけれど、その力がないことに気づき葛藤《かっとう》する姿は書いていてもどかしくて、それ以上に応援したい気持ちになりました。

ふたりが見つけた答えを、皆さんも一緒に体験してほしいです。

この物語は、町に映画の撮影クルーがやってくるところからはじまります。平凡な日常が映画の撮影にまきこまれたことで変わっていく、そんな物語です。

「この恋」シリーズも今回で三作品目です。応援してくださる皆様がいるから、物語を描くことができます。いつもありがとうございます。

執筆するにあたり、いちばん困ったのは映画の撮影についてまったくわからなかったことです。映画監督の作道雄《さくどうゆう》様が丁寧《ていねい》に教えてくださったおかげで形にすることができました。

また、三ケ日町《みっかびちょう》観光協会の方にも多大なるご協力をいただきました。（登場するキャラクターは誇張しておりますので、実在の方とは関係ございません。）

この作品を読んだ方が、実際に三ヶ日町を訪れ、主人公たちの息吹《いぶき》を感じていただければうれしいです。

本作品を完成に導いてくださった編集部の皆様、毎回すばらしい装画を描いてくださる飴村《あめむら》様、デザイナーの関《せき》様に感謝申しあげます。

二〇二三年七月　三ヶ日駅ホームにて　いぬじゅん

※この作品はフィクションです。実在の人物・団体・事件などにはいっさい関係ありません。

集英社オレンジ文庫をお買い上げいただき、ありがとうございます。
ご意見・ご感想をお待ちしております。

● あて先
〒101-8050　東京都千代田区一ツ橋2-5-10
集英社オレンジ文庫編集部 気付
いぬじゅん先生

集英社
オレンジ文庫

映画みたいな、この恋を

2023年7月25日　第1刷発行

著　者　いぬじゅん
発行者　今井孝昭
発行所　株式会社集英社
〒101-8050東京都千代田区一ツ橋2-5-10
電話【編集部】03-3230-6352
【読者係】03-3230-6080
【販売部】03-3230-6393（書店専用）
印刷所　株式会社美松堂／中央精版印刷株式会社

ISBN 978-4-08-680511-7 C0193